剑十三

一只鱼的传说◎著

九州出版社
JIUZHOUPRESS

图书在版编目（CIP）数据

金门十三子 / 一只鱼的传说著. --北京：九州出版社，2021.1

ISBN 978-7-5108-9770-2

Ⅰ. ①金… Ⅱ. ①一… Ⅲ. ①短篇小说—小说集—中国—当代 Ⅳ. ①I247.7

中国版本图书馆CIP数据核字（2020）第220081号

金门十三子

作　　者　一只鱼的传说　著
出版发行　九州出版社
地　　址　北京市西城区阜外大街甲35号（100037）
发行电话　（010）68992190/3/5/6
网　　址　www.jiuzhoupress.com
电子信箱　jiuzhou@jiuzhoupress.com
印　　刷　三河市中晟雅豪印务有限公司
开　　本　870毫米×1280毫米　32开
印　　张　8.5
字　　数　162千字
版　　次　2021年1月第1版
印　　次　2021年1月第1次印刷
书　　号　ISBN 978-7-5108-9770-2
定　　价　45.00元

目录

憋宝人

憋宝人源自明朝时期的憋宝门，也是一种手艺人。

据说憋宝人从生下来，就要被放在地窖里，然后用一种特殊的草汁擦他的眼睛。等他长大以后，这双眼就成了一双火眼，见风就流泪。所以很多憋宝人平时都戴副墨镜，装扮成算命的瞎子。

见风流泪当然不好，这双眼的好处是，可以看到宝贝，不管是埋在地底下，还是塞在木桩子里，或者挂在寺院大顶上，他一眼扫过去，全中！

他们还会盗墓、寻金、找玉脉、捉天精地宝，而且手底下还有功夫，因为你想夺宝，手底下没几手功夫，自然是压不住的。

这个故事，是我在乌苏里江边上的一个小酒馆里，听一个憋宝门的传人讲的。

那时候，我们家家境还好，我父亲是改革开放后的第一批民营企业家，我还是个浪荡公子哥，有一年去乌苏里江吃开江鱼，认识了一个忘年交。

现在算算，都有二十年了。

这个故事，就是他二十年前讲的。

这个忘年交叫老毕，他当年四五十岁的样子，住在乌苏里江边上，每天倚在墙根晒太阳、喝酒，叼着狗尾巴草看路过的女人，悠悠哉哉，日子快活得像神仙。

他算是个半吊子厨子，他这个厨子每年只干半个月，半个月就够他一年的吃喝了。

每年四月，乌苏里江开江，他就在江边弄一个小木屋，里面烧了熊熊火炉，烫上一壶烧酒，只做一道大菜“江水炖江鱼”。

东北冷，冰层冻了一米多厚，鱼在水底下都憋疯了，一开江，就拼命往外冲，跟喷泉一样。天太冷，大鱼在冰上蹦跶不了几下就冻上了，跟捡柴火一样，一会儿就能捡一大筐。

老毕捡到鱼，在江水里洗剖干净了，在河边整点儿野花椒，放点儿油盐，在灶台的大铁锅里灌满冷冽的江水，沿锅边贴上一层玉米面饼子，用松木大火炖熟——那味道，哎呀呀，能给你吃哭喽！

你盘腿坐在江边的小木屋里，那热烘烘的土炕，火辣辣的烧酒，红彤彤的小泥炉，外面下着鹅毛大雪，捕鱼人唱着打鱼的号子，真有一种人生得意须尽欢的畅快感！

我当时年纪还小，就很喜欢这种江湖气。后来每年四月，只要有时间，都要千辛万苦地赶过去，在那边住几天，尝尝开江鱼，听老毕讲讲他师父的故事。

老毕的师父，就是一个传说中的憋宝人。

不过据老毕说，他师父看着可不像个高人，更像个走街串巷的耍猴人。那是一个小老头，肩膀上站着一只火红色的小猴，领着一个扎着翘天辫的娃娃（老毕），走南闯北，浪迹天涯，一路憋宝盗墓，过手的银钱无数，也都随手花掉，日子虽然落魄，却也洒脱，唯独在吃上非常讲究。

他老人家特别讲究吃时令美食，每年都要掐算着时间，天南海北赶过去，绝不会误了那一口。

他吃东西很讲究。开春去成都吃鲜笋红烧肉，清明去扬中吃河豚，盛夏在徐州吃伏羊，在杭州吃西湖醋鱼、喝黄酒，中秋去苏州阳澄湖吃大闸蟹，去汕头吃对虾，去呼伦贝尔吃手抓羊肉（这羊肉只煮十五分钟，一刀下去，还往外流血，肥嫩无比），等天开始下雪，就去大兴安岭吃狍子（他吃狍子只吃狍子筋），去哈尔滨吃杀猪菜，去福州吃佛跳墙。

他师父说，乌苏里江的鱼是最好的，号称“三花、五罗、七十二杂鱼”。他当年去乌苏里江吃开江鱼，嫌别人做得不好，于是指挥了一个在江边流浪的娃娃，做了一锅江水炖江鱼。那个娃娃就是老毕。吃完那锅鱼，他师父问了问老毕的情况，就带着他走了。

每次讲到这里，老毕都有些迷茫，他歪着头看着窗外，希望能看到那个疯疯癫癫的老头。

他师父到底是做啥的？他也弄不清楚。

最开始，他觉得师父是个盗墓贼，经常装成耍猴人，走街串巷，更是经常深入田间地头，跟老头谈古论今，寥寥几句，就了解了当地有没有出过大墓，那墓大概在什么地方，然后趁黑就给盗了。

后来，他发现师父不仅仅会盗墓，还会“憋”宝。

有一年，他跟着师父去保定，保定人爱吃驴肉，什么驴肉、驴肝、驴肉火烧，卤好的驴肉夹在酥脆的烧饼里，肥美脆酥，别提多好吃了！

那一次，师父带着他，在保定一家老店吃了几个驴肉火烧，开始赞不绝口，后来就皱起了眉头。

他问店家，这驴肉是从哪里买来的，味道怎么这么好?

店家很得意，说他的驴肉火烧啊，在保定城里排第一，这是祖上传下来的老店，乾隆皇帝都来吃过！他接手后，还是按着古方做火烧，所以这味道才最好。

这个驴肉火烧嘛，第一就是驴肉要好。驴肉要细、要鲜，嚼起来劲道儿，再夹在酥麻爽脆的火烧里，才能脆生、香酥，才好吃。

这驴肉嘛，他是从定兴县专门订的，这家姓李，祖祖辈辈杀驴，称为李一刀，也有人背后叫他驴一刀！

为啥叫作“驴一刀”，自然是因为杀驴太多，此外就是他们家啊，世代杀驴，杀业太多，所以家畜不旺，几代都是单传，轮到这驴一刀，那更是要命，今年都四十好几了，他老婆硬是没怀上个一男半女的，让他愁得半夜直哭。

他师父就问了李一刀的地址，带着老毕过去了。

那是一个破败的小村子。

这个小村子有一个特点，就是旱。村口有一个大水潭，河底裂开了大口子，村口的水渠也早就见底了，庄稼蔫不拉几的，白杨树都歪歪斜斜地站在地里。

他师父在村子里转了几圈，见了放羊的老头就递烟，还要聊几句，问老人家收成可好，问这好大的一口池塘，怎么就干涸了？

那老头一个人在地头放羊，寂寞得很，就跟师父说，这口塘嘛，其实是拒马河的支脉在这儿打了个湾，形成的一个大水潭。

以前嘛，这里不光有水，还是活水，清凉凉的，他小时候最喜欢在这里洗澡、摸鱼。后来嘛，不知道咋回事，突然水脉就断了，水没了，庄稼也不行了，跟他一样，没了精气神，只能慢慢等死喽！

他师父又问起驴一刀，老头子一脸不屑，又羡慕又忌妒，说他嘛，不就是个屠夫嘛！这屠夫能有啥大出息？

不过这驴入的也是发了邪财，眼看着这水脉断了，种庄稼的都不行了，他却把驴给养好啦！那毛驴子，个顶个，一个个活蹦乱跳，赛过骡子，也不知道这驴入的是用啥喂的！

他师父又跟他说了几句，就带着老毕去了驴一刀家。他跟驴一刀说，他是保定一家大酒楼的，酒店接了一个大婚宴，那边指定要吃全驴宴，所以他专程赶过来订三头驴子。

订婚宴的那家人，嘴特别刁，要求驴子必须是现杀，所以需要李一刀亲自赶驴子过去，在那边歇一夜，第二天早晨还要麻烦他亲自操刀杀驴。

他师父掏出一捆钱，放在桌子上，说这是定钱，让他放心，订婚宴的是有头有脸的人物，赏钱少不了。

驴一刀收了钱，就从驴槽里牵出来三头驴子，去了城里。

他师父支走了驴一刀后，挨到天黑，就带着老毕翻过围墙，直奔驴圈而去。

他左右看了看，然后指着一个地方，让老毕用铁锨往下挖。他自己在旁边架起了一口大铁锅，点了一堆柴火，烧了一大锅开水。

那驴圈下全是稀泥，臊气冲天，倒是挺好挖。挖了半天，挖了差不多一米深，就听见铁锨哐当一声响，像是碰到了什么东西，接着那地下猛然传来一阵震动，土块纷纷往下掉，像是底下埋着什么大物件，就要爬出来了。

师父就叫上老毕，两个人端起那口大铁锅，朝着那大土坑倒了下去。那土坑下猛然一震，嘶嘶作响，像是什么东西在底下拼命挣扎，把驴圈下的泥全都搅和开了，驴子们都惊得四处逃窜，不敢靠近。

大约过了一根烟的时间，那动静才慢慢过去。老毕师父走过去，扒开土层，就闻到一股强烈的鱼腥味，伴着一股开水烫猪毛的味道。

扒开稀泥，就发现底下是一个足足有水缸那么大的螃蟹，那螃蟹的钳子有拳头大！螃蟹盖通红通红的，已经被刚才那一大锅开水活活烫死啦！

他师父用一个大号扳手揭开蟹壳，翻转过来，掏空蟹肉，从里面弄出来了一个巴掌大小的佛像，捡在了手里，说这次可算是没白折腾！

老毕也开了眼，凑过去看看，那玩意儿是灰白色的，似玉非玉，似石非石，看起来就像尊佛像，有鼻子有眼的。

他师父得意扬扬地解释，说在保定吃驴肉时，就觉得这驴肉味道不对劲，有一股淡淡的腥味。他判断，这味道肯定不会是驴身上的，肯定是驴圈出了问题。

那个村子里的池塘突然断流，肯定不会是无缘无故的，一定是水里的东西截断了水脉。他后来进来看了看，就判断驴圈底下肯定有东西，应该是一只几百年的大螃蟹。

这螃蟹呀，有一个特点，最喜欢驴尿、马尿，所以在沿海有些地方，要捉螃蟹，就用一根麻绳，蘸满驴尿，扔在沙滩上，第二天去捡吧，上面准保爬满了螃蟹。

老毕就问他，这螃蟹身上的佛像是咋回事?

师父就笑他没文化，说没读过鲁迅的书啊，《论雷峰塔的倒掉》里就写过这个事情！这叫蟹和尚！

这只螃蟹年头久了，蟹和尚也修成了佛像，那玩意儿可是个好东西，不仅百毒不侵，还能祛热毒、拔毒疮，这玩意儿戴在身上，那水里的毒蛇、大鱼都不敢靠近！

老毕讲完这个故事，自己也乐了，说他师父狠啊，连只老螃蟹都不放过！

我也笑了。笑完后，我就问他，他师父到底去了哪里？

老毕就沉默了，他啪嗒啪嗒抽着旱烟，长长叹了一口气，道：

那是几十年前了，我跟师父路过徐州。徐州那地方，挨着微山湖，潮气大，早晚容易起雾，一起了雾，几米远都看不见。

那天是个月亮地，走了没多久，路上就起雾了。那雾气开始没多大，后来越来越大，我们两个走着走着，就觉得不对劲了。

首先是师父那只红猴子，它平时最爱骑在我头上，上蹿下跳的，一会儿也不得闲。结果那一天，就老老实实地蹲在我肩膀上，一动也不敢动，两只爪子还紧紧拽着我的头发。

原本好好的路，也渐渐看不清了，前面开始出现了一个坟堆，接着又出现了一个，又走了一会儿，就像走到了坟场，到处都是坟堆。

师父就慢慢停了下来，说："小毕呀，别走了，这是有人想留住我们呢！"

我搞不懂他这句话是什么意思，不过也跟着他停了下来。

师父摸了摸我的头，问了我一句话："小毕，你跟了我多久了？”我想了想说：“有五六年了吧……”他感慨了一句：“都那么多年了，那东西还是没有找到啊！”

我问他：“师父，你找什么东西呢？”师父没有回答，却问我：“小毕，你知道师傅当时为啥相中你不？”我说：“是不是看我听话？”师父笑了，说：“那是我看你跟我有缘。”

他叹息了一下，说：“唉，本来想着等你大一些了，再把这些事情告诉你，看来是没有机会了。”

他取下腰间寸步不离的一枚玉佩，让我小心收好，说这是憋宝门的信物。然后，他摸了摸小猴的脑袋，让我好好照顾这只小猴。说完就要走。

我的眼泪一下子流了出来，死死拽住他，死活不让他走。

师父却指着周围的小坟堆问我：“你知道这是啥不？”我说：“坟头……”

师父却摇摇头：“这里都是师父当年的好朋友，他们现在都坐在那儿看着咱们呢！”

师父说：“其实在当年，师父就已经死了……多活了那么多年，已经是赚的了，现在也该去陪他们了……”

我就大哭起来，说：“师父，你明知道要死，为啥还要走啊？！”师父就说：“小毕，你要记住了，男人总有向前走不回头的时候。师父这辈子，值了！”说完，他将一路拿着的拐杖拆开，里面是一把寒光闪闪的宝剑。

他拿着剑，轻轻擦了一下，说：“老朋友，好久不见了。”

然后他慢慢直起腰，仿佛年轻了几十岁，仗剑朝着浓雾里走去，身影在雾气里越来越淡，慢慢消失了。

那小猴吱呀叫了一声，猛然从我头上跳下来，追着师父也去了。

我甩开腿也去追师父，却在雾气中迷失了方向，怎么也找不到他的影子，只能听见远处依稀传来师父豪迈的歌声。

很多年后，我才知道，那首歌是淮海战役的军歌，是这样唱的：

追上去，追上去，不让敌人喘气！

追上去，追上去，不让敌人跑掉！

……

老毕说："我觉得，师父他还活着。每年开春，师父都会来这吃开江鱼，所以我要在这等着他。"

停了一会儿，老毕又说："我师父离开那年，我才十二岁，也不知道他还能不能认出我？"

老毕说不下去了。他就使劲揉眼，接着眯着眼看外面纷纷扬扬的大雪，他就使劲抽早已经熄灭的旱烟，他就轻轻唱起那首军歌。

外面的人群渐渐散去了，篝火也熄灭了，只剩下空荡荡的河滩。

老毕看着河滩，慢慢地说："每次想起师父，我都要哭了。"

实际上，他已经哭了。

长白山怪物

这个故事，也是老毕讲的。

这个故事，是关于一道菜的，一道古往今来最神秘怪异的菜，也是一道最邪恶黑暗的菜。

用老毕的说法，那道菜非常邪恶，凡人看一眼，都是罪恶，那不是给人吃的，是引诱恶鬼的。因为，那是一道“人肉盛宴”。

老毕说，那时候他还小，和师父去了长白山。他们先去了吉林延边，在那边吃饱了泡菜和烤肉，师父就开始备货，几乎备了足足一人高的货。师父买的东西很多，老毕只依稀记得有豆腐、莲藕、螃蟹、石榴，还有一些中药。然后，他师父就背着这个一人多高的袋子，带着他上山了。

他们在山上走了多久，老毕已经记不得了，他只记得山路越走越陡峭，甚至偶尔会看到一些当兵的，应该是边境了。

那年头，两国关系很好，当兵的看见他们，挥挥手就放他们走了，再给当兵的丢几瓶酒过去，他们就更加高兴了。

走过边境线后，又走了一天半，好多路简直没法走，都是从大冰壳子上爬过去，甚至有的地方像冰山，需要在冰山上凿上眼，才能攀过去。

好在他师父早有准备，各种东西都很齐全，好歹终于到了地方。

那个地方，怎么说呢？老毕说，非常怪异。

为什么怪异呢？

首先，这里已经非常荒蛮了，而且是边境线，除了雪地和大冰壳子，根本不可能有什么人。

但是，在他们面前却出现了一座小庙。真的是一座庙！而且这座庙很矮，只有一米半高，人要弯着腰才能钻进去。

老毕钻进去看了看，里面供奉着许多神像。神像无一例外，全是人身动物脸，非常怪异。老毕看着一张张毛茸茸的动物面孔，那些面孔惟妙惟肖的，还带着各种嘲讽阴冷的表情，他不由打了个哆嗦，赶紧退了出来。

这个怪异的庙，又是谁盖的？老毕的师父没有解释，丢给他一些肉干，自己忙活开了。

老毕嚼着肉干问师父，他在做什么？师父说，他在做一道菜，今天月亮圆了，是个请客的好日子，他要请客了。

老毕不明白了，说这个地方哪有什么人啊，除非是请精怪！他师父就呵呵笑了，说对，就是请的精怪！

老毕就坐在旁边，看着他师父做菜。

他师父动手很快，先削了两段莲藕，雕刻了几下，还用石榴籽给它上了点儿色，放在了一边。老毕仔细一看，嘿，这活脱脱是一截小娃娃圆鼓鼓的胳膊！

老毕的师父就笑了，说小娃娃的胳膊，就是粉白粉白，圆鼓鼓的，一节一节的小胖肉，很像莲藕，所以用莲藕雕出来最合适！

他问小毕，你知道人肉是什么味道的吗?

他自问自答，人肉甜丝丝的，有点儿像最好的蟹肉，不过最肥美的大闸蟹也没有人肉香甜。它还略带点儿浅浅的酸味，有点儿像是熟透了的石榴籽。

老毕师父边说边做，很快用其他食材雕出来了小娃娃的身躯、脑袋，还有肉乎乎的小脚丫子，甚至还用蟹肉、豆腐等做了五脏六腑放在圆鼓鼓的肚子里，最后又给脑袋上安了个发髻，一个白白胖胖的小娃娃就跳出来了。

老毕看着它，真像是一个刚满周岁的胖娃娃，也忍不住蹲在那儿看。

最后，老毕的师父用银针刺破了老毕中指，滴了一滴鲜血在那小娃娃的眉心，这小娃娃就彻底活了。

这胖娃娃不仅看着像，而且神态也像，看着乐呵呵的、无忧无虑的，尤其是眉心一个红点，有种天真无邪的美。

老毕忍不住问：“师父，咱们要吃这个娃娃吗?”师父摇摇头：“虽然是用豆腐莲藕做的，但是五脏俱全，人血开光，已经算是半个人了，吃了会有伤天和，吃不得的！”

老毕又问，那师父做这个干什么？这个是不是引精怪的？我听说书的说，精怪最喜欢吃小娃娃！

师父呵呵笑了，说开了灵智的精怪，别说吃人，它们连杀生都不会轻易出手，这些都是因果，后面要遭天谴的。

老毕不明白了："那我们做这个干啥？"师父说："人和妖自然是不敢吃这个，但是非人非妖的邪物，就敢吃它了。"

师父掏出一个密封的匣子，里面是一棵全须全尾的野生人参，足足有小孩胳膊那么粗，连汗毛粗的须子都整整齐齐。

这株野生人参，少说也有上百年的年份了，是吊命用的。从前的大户人家，家里都要常备一株野生人参，万一有人伤了心脉，或者冻死了，就赶紧切一片含在嘴里，可以把命吊住。所以这野生人参，特别珍贵。

老毕师父却毫不在意，从大袋子里弄出个小破砂锅，随便盛了点儿雪水，就把这株野生人参给煮了。

煮过以后，他把人参水小心翼翼地淋在了小娃娃身上，小娃娃身上顿时有了一股人参的甘苦味。

老毕眼睛亮了："我知道了，师父你是要做一个人参娃娃！"老毕师父笑了："你终于看出来了。"

师父将人参娃娃放在了破庙门外，然后拉着老毕去了附近一块地方，做了一个雪窝子，两个人舒舒服服躺下，在那儿小声聊天。

老毕问师父，真的有人参娃娃吗？老毕师父点点头，说修行界有个说法，凡是首尾相连者，都容易修行。像黄皮子、蛇、刺猬，都是脑袋可以沾到尾巴的，还有猫、狗这些，都容易修炼成精。

这些是动物，对于植物来说嘛，就是越像人形的植物，越容易修行。你看看人参，还有何首乌，以及身上长了树瘤子的老树，都像人形，就容易修炼成精。

老毕就问师父，那这些动物、植物，它们修行和人类修行有什么不同呢?

老毕师父说，它们要修行五百年，才能变成人形。只有修成人形，才能成仙。

老毕又问师父："那师父，什么又是仙呢?"他师父露出了一个很奇怪的表情，说："仙嘛，就是一块石头。"

老毕不理解了。

他师父摇摇头说："所谓仙嘛，要灭绝七情六欲，斩断一切尘念，方可成仙。这种仙，不就是一块石头嘛，要成仙就要先成石头。所以这个仙嘛，不做也罢了。"

老毕想了想，点了点头："嗯，人不能做石头！"

老毕师父呵呵笑了，摸了摸他的脑袋，不说话了。

天渐渐黑了。这是个月圆之夜，周围全是皑皑的白雪，月光照在雪地上，白亮亮的，周围看得清清楚楚的。

师父早就睡过去了，他把老羊皮袄埋在雪窝子里，睡得正香，小猴骑在他脑袋上也在打瞌睡。

老毕睡不着，他觉得这一切实在是太新鲜刺激了，让他忍不住盯着人参娃娃，看看到底能不能引来精怪。

月光下，那个人参娃娃坐在地上，像是打坐一般，看着还真像在月光下修行。

这时，老毕就觉得眼前猛然一黑，前方空荡荡的雪地上，多了一个黑影。

老毕使劲揉了揉眼睛，没错，确实多了一个人！那个人，身材很高大，穿着一套戏服，怎么看着有点儿熟悉。老毕死死盯着，他猛然想起来了，这个“人”他见过，那不就是小庙里供奉的人身动物脸的泥胎神像嘛！

可是，这泥胎神像他当时还用手敲过，梆梆硬，肯定是泥胎的，这东西怎么能活过来了？！

他刚想叫师父，后面却猛然伸过来一只手，死死捂住了他的嘴巴。他吓得一个哆嗦，就听见他师父在耳边轻轻说了声：“别出声！”

他才镇定下来，再抬头看去，那个泥胎已经抱起了人参娃娃，进入了小庙。

他师父一跃而起：“走！”小猴也吱呀一声，从他师父脑袋上跳了出去，在雪地上蹦蹦跳跳，冲向了小庙。有师父在，老毕什么都不怕，也是热血涌起，跟着小猴就往里冲。

他们冲到小庙里，果然发现少了一尊泥胎。在原本的泥胎佛像处，多了一个大洞，看来那泥胎是抱着人参娃娃顺着大洞跑走了。

老毕师父想都没想，就顺着大洞跳了进去，叫道：“毁了我一株百年老参，你就算逃到阴曹地府，我都给你抓回来！”

老毕当然也跟着跳了下去。下去后，才发现这个大洞下藏着一个密道，全是巨大的石阶，一级一级通往地下深处。

老毕师父做了几个简单的火把，他们两个和小猴就顺着石阶往下走。走了不知道有多久，他们渐渐感觉有些不对劲了。

首先，是山洞里越来越冷了，那是一种阴冷潮湿的感觉，像是在浓雾里穿行，冷风像是要渗到骨头缝里。

其次，是周围越来越黑了，夜色浓稠得像墨汁，火把根本穿不透，只能看到附近一点儿地方，巨大的岩石上雕刻着怪异的壁画，山体里被打进了巨大的青铜环。

这时，山洞尽头突然传来了一声笛声，笛声悠扬动人，但又非常悲伤，声音极低，却又清晰传到耳朵里。

老毕的师父猛然立住身子，有些失神地说：“阴城，这底下竟然是阴城的入口！”接着，他朝着老毕喊起来：“跑，赶紧跑！”

老毕仿佛被那笛声控制了，即便堵住耳朵也不行，那声音仿佛直接灌到了人心里，激荡起人心所有的负面情绪，那是一种无比忧伤的绝望，让老毕忍不住想大喊，想发泄，想要从山路上跳下去。

后来，还是老毕的师父出手打晕了他，把他扛了出去。

老毕的故事讲完了。我问他，那个阴城到底是什么地方？

老毕摇摇头，说他师父原本是一个很洒脱的人，没有什么不敢说的，唯独对这件事情讳莫如深，从来不提，也不许老毕问。

我点点头：“阴城莫非是地狱深处吗？不知道有没有精怪？”老毕却没有笑。他狠狠吸了一口烟，对我说：“我师父身上原本有两块玉佩，是我们憋宝门的信物，两块可以合在一起。当年在阴城时，师父用了一块玉佩挡了一下，从此，这块玉佩缺了半个角。”

他掏出来一块玉佩给我看。那是一块晶莹剔透的玉佩，的确破损了一个角，而且形状很古怪，像是被什么东西硬生生咬下了一块。

但是，这世上又有什么东西能咬破玉佩呢？

那就不知道了。

乌苏里江锁龙

这个故事，是关于乌苏里江怪物的。

这个故事，源自老毕师父当年在赫哲族做客时，听老人讲的一则故事。

赫哲族是中国著名的渔猎民族，他们信萨满，拜火，拜山，也拜日月星辰，平时驾着桦皮船在河上捕鱼，背着猎枪在山里打猎，非常超脱。

他们请客人吃的最尊贵的食物，并不是大马哈鱼，而是鳇鱼。鳇鱼被称为鱼中之皇，能长到上千斤、四五米长，力气极大，可以掀翻渔船、搏杀水牛，非常厉害。

在古代，这是帝王专享的贡鱼，民间不准私自捕捞，更不能吃。渔民捕捉到鳇鱼后，需要在衙门命名登记，然后用特制的桃木车送到京城，给皇帝在大年初一祭祀用。

赫哲族有一片祖地，叫作红崖子，在乌苏里江深处，又靠着原始森林，人迹罕至，水深浪大，这里就出鳇鱼。

每年秋天，他们捕捉到鳇鱼，就在这里开鳇鱼宴，老毕师父都要千里迢迢赶过去。鳇鱼宴由一条上千斤的鳇鱼做成，不光鳇鱼肉，还包括鳇鱼唇、鳇鱼筋、鳇鱼翅、鳇鱼皮、鳇鱼腹，这才是赫哲族最尊贵的食物，被称为皇帝都享受不到的至尊盛宴。

在当年，老毕师父在那边做客时，听到了一个关于红崖子的怪事。

红崖子那边非常荒蛮，平时根本没人过去，直到去了一个地质勘探队。

东北这边多矿，尤其多金矿，像漠河著名的胭脂沟，是出金子的地方，专供慈禧老佛爷买胭脂用，所以叫胭脂沟。因此这个勘探队来，大家也没当成一回事，随他们在河滩上扎帐篷，在山上架设备，整天敲敲打打的。

那一年，当地发生了几十年不遇的大旱，好多支流都断流了，大片大片的河滩裸露出来，搁浅的鱼儿翻着白肚皮乱蹦。赫哲族人就请了萨满巫师求雨。巫师做了法坛，又让人打死了一只啄木鸟，把鸟嘴朝上打开，挂在树上，这是求雨的一种巫术。

一般来说，这啄木鸟只要挂在树上，没几天，天上就会下雨了。但是那一次，他们把啄木鸟挂上去几天，啄木鸟都被晒成了干尸，也没有下来一滴雨。

旁边的勘探队正在江边考察，看到他们求雨，一个队员就出了个主意。

这个人姓张，平时最喜欢在河滩上烤乌龟吃。他将乌龟绑在了一块石板上，石板上放了一碟洒了盐巴和辣椒末的酱油，石头下架了一堆火，用小火慢慢烤。乌龟受不了热，就会喝酱油降温，火越来越大，酱油也慢慢被它喝干了，浸到了肉里。

那乌龟壳密封性很好，像个高压锅，烤了一阵后，里面咕嘟咕嘟响，像是开锅了。只听嘣一声响，乌龟壳炸裂了，露出肉来，那人就掰开乌龟壳吃肉。

所以大家都很讨厌他，觉得这个人太残忍。

这个人偏要凑过去说，要想求雨，用啄木鸟不行，得拜龙王爷。这里既然不下雨，说明龙王爷藏在了水潭深处，要把它请出来才行。

这龙王怎么请？他说，首先要拜神龙，取一匹十几米长的红绸子挂在树上，再杀几只大红公鸡，将鸡血洒在江边，然后弄一桶牛尿浇在江中，这是给龙王上的贡品，给它请出来。

如果还不出来，就要找一块虎骨，用一根牛毛绳拴住，扔在水潭深处。那龙虎本是冤家，龙一看到虎骨，就会一口吞下去。它接受了村民的供奉后，使劲打一个喷嚏，那天上就会下起雨来。

老毕师父说，这人说的方法看似荒谬，不过还真是古书中记载过的求雨法。他师父说，这方子出自《尚书故实》，云："南中旱，即以长绳系虎头骨，投有龙处。入水，即数人牵制不定。俄顷，云起潭中，雨亦随降。"

大家没办法，就姑且用他的法子试一试，绑好了红绸，杀了红公鸡，浇了牛尿，又有人回家取了一块虎骨，牢牢绑在了一根牛毛绳上。那牛毛绳做的绳子最结实，又浸了江水，连一头大象也拴得住。

大家把牛毛绳一头绑在一棵临江的老树上，让人划了桦皮船，将虎骨远远地沉到了江心。那虎骨扔进去后，大家等到下午，那牛毛绳还是一点动静也没有，大伙也就散了，想着牛毛绳反正绑在了老树上，即便有龙也拉不走。

这个姓张的工程师当时也没当一回事，吃完烤乌龟后，拍拍屁股就回营地了，这时候见勘探队的人在吃饭，就把这件事情当成笑话说了。

结果他刚说完，一个人就站了起来，说声：“不好！”大家一愣，抬头看去，发现说话的是个拄着一根铁棒的老头。那老头是当地有名的风水先生，对这片大山极熟，而且风水和矿藏也有些神秘联系，所以勘探队请他做顾问，指点指点。

大家听他叫了一声“不好”，赶紧问他是怎么回事，就听他慢慢说了一番话。

他说，你们是不晓得，咱们这座大山里出大长虫，就是蛇，那大长虫嘛，小的筷子般粗细，大的有水缸粗，算是这山中修行的灵物。

这蛇在深山里修炼久了吧，那头上就会长出来红通通的犄角，就要变成蛟了。等那蛟熬过了天雷，跨过龙门，就要变成龙了！

你们这几天也在山里转悠了，是不是看到山里经常会出现一条大裂缝？那些裂缝底下就是这些蛟的窝，等到它修炼好了，就要从山里钻出来了。

这大蛟好杀，在它潜心修炼时千万不能打扰它。你往那江水里吊了一根虎骨，那龙虎本是死敌，它闻到虎骨味，一定会从水下蹿出来，几百年的修行就废了，怕它会恼羞成怒吃人！

那风水先生说得半真半假，几个人也是将信将疑。

风水先生却起身催大家，赶紧把虎骨拽出来，再给那蛟献上“三牲”做祭礼，说不定还有救。

几个人听他这样说，也直奔江边去，结果还没到江边，就见那江边的歪脖子柳树弯成了一张弓，那水下有东西咬住了虎骨，力量之大，连百年老树都给拉弯了。

那风水先生见了，大吃一惊，赶紧跑过去一看，只见那江水平静如常，只是那牛毛绳一直嗖嗖往水下蹿，拽得老树几乎栽进水里。

勘探队的几个人也是面面相觑，那江下究竟藏着什么怪物，连这一棵老树都要给拉倒了？

队长轻轻咳嗽了一下，小声问风水先生怎么办？风水先生紧紧皱着眉头，死死盯住江心，说让人多找一些棉花破布，在马尿牛尿中浸泡了，扔在江水中。那蛟喜欢马尿牛尿，看看它闻到这些味道，能不能松开嘴，只要它松开嘴，就赶紧把虎骨拽出来。

几个人分头行事，有的回去找破布，有的赶紧去通知村里人。

那虎骨钓到蛟龙的消息一传开，整个村子都炸开了，大家又害怕，又有些兴奋：这钓鱼、钓鳖都听说过，有谁听说过钓龙的？

大家纷纷响应号召，将那棉袄破开，直奔牲口圈浸马尿，不多时就弄了不少湿淋淋的棉布，按照风水先生的吩咐，抛在了指定的江水中，远远地站在后面看。

这时，就看见那江中突然泛起了一个巨浪，浪花劈头打过来，打得众人一阵惊叫，纷纷往山上跑去，被那风水先生喝住，说："那蛟松嘴了！"

队长往树上一看，就看见那牛毛绳果然渐渐松了下来，那棵老树也渐渐恢复了原样。风水先生让人赶紧解下来那绳子，那绳子虽然解开了，但是拉起来还是沉甸甸的，那边好像有什么东西拖住了一样，怎么也拉不动。

风水先生就让人拿来一个羊皮筏子，将牛毛绳一头牢牢拴在了羊皮筏子上，将羊皮筏子扔到了水中，就看见那羊皮筏子竟然在水中缓缓游动起来，就像是水下有什么拉着它。

大家的心又都揪住了，难道说拉着羊皮筏子的，竟是水下的蛟龙？

风水先生并不说话，只是拿着罗盘跟着那只羊皮筏子走，勘探队跟在风水先生身后，众人也远远跟着他们。风水先生看着罗盘，额头上的眉头越来越紧，嘴里也喃喃说着些什么，不停说着："不可能！不可能！"

大家见风水先生有点魔怔了，也不敢说什么。

风水先生在那不断重复：“它不是蛟，它不是蛟！”大家听不太懂他的话，想着不是蛟，那就是水怪大鱼呗，关于各种水怪大鱼的说法多了去了，有什么大惊小怪的？但是大家怕风水先生会出什么事，只好紧紧跟在他身后。

走了差不多有三五里地远，在那江水中有一处孤岛，羊皮筏子就停在那个小岛处不动了。

这处孤岛应该是江水从上游带来的泥沙沉淀而成，周围有几处大水汇聚到这里来，岛上密密麻麻生长着灌木。

不过仔细看看，也觉得这个小岛有古怪。这样一块绿洲，又处于几条大水的交汇处，小鱼小虾极多，理当会成为各种水鸟和小兽的乐土，但是那个小岛上却看不到任何活物，连一只水鸟也看不到，这个是极不正常的。

大家都紧张起来了，那个羊皮筏子怎么到了这里，莫非小岛下真藏了一个怪物？

风水先生让人划着桦皮船，去了小岛处，又往水里扔了只鸭子。结果那鸭子刚落到水上，就开始拼命拍打着翅膀往岸边逃，仿佛水中有什么东西要吃它。

风水先生让人把鸭子的翅膀和脚绑上，再次投到小岛周围的水里，那只鸭子拼命挪动身体，焦急地沉到水中，又钻出来，急得嘎嘎叫。

风水先生点了点头，说道：“看来传说果然不错，它果真不伤人畜。”便让人把他送到岛上去。

大家见他要去岛上，纷纷劝他别去，怕蛟龙吃人。风水先生却告诉大家，水下确实藏了个怪物，却是一个瑞兽，连水中的鸭子都不会伤害，所以人更不用担心了。

听他这样一说，大家也就放了心，也想跟着风水先生去见识见识，几个人都跟着他上了小岛。

那小岛上灌木丛生，周围有一股浓烈的腥味，像堆了好多臭鱼烂虾。岛上灌木很高，又多又杂，但是在小岛的西北方向，却有一大块地方光秃秃的，一根草都没有。

大家走近看看，发现这里不仅没一根草，连泥土都是一种干燥的发红泥土，看着非常怪异。要知道，这里可是北大荒典型的黑土地，这里的红土，一定是有人从其他地方运过来的，泥土里混合了朱砂，在铁锅中翻炒过几次，才会寸草不生。这是什么人大费周折将泥土运到这里呢？

风水先生也皱紧了眉头，仔细看着罗盘，然后用拐杖敲打着那块红色泥土，就听见那地下砰砰有声，这泥土下竟然是空心的。

风水先生喃喃说了句“头北脚南，瓦罐定坟”，难道这下面是一个聚风盆？他用拐杖圈了一个地方，让人往下挖，只挖三尺深就行，又嘱咐大家挖的时候要注意，要是碰到什么东西，就赶紧停下来。

大家没什么工具，就顺手折了几根树枝掘起来，好在河滩上泥土松软，没多久就挖了三尺深，树枝触到了一个硬邦邦的东西。

风水先生扒开泥土，就看了一眼，惊道："怎么有那么多坟？！"大家向里面看去，那地下果然埋了一个个古怪的树皮棺材，薄薄的树皮包着一件件腐烂了一半的衣服。

风水先生用拐棍扒开衣服，却发现衣服下面并没有尸体，只有一小截黑色的骨头。

众人脸色一下子变了，倒吸了一口冷气，连连倒退几步，那些尸体竟然变成了一截截黑煞！在东北的民间传说中，含恨死去的人，尸骨就化成一截黑骨，那就是很邪门的黑煞，是一种极其可怕的东西。

风水先生脸色也变了，从怀里抽出一叠黄纸，黄纸上用朱砂画着一道道符咒，迎风一扔，那黄纸就烧着了。

风水先生也觉得有些不对，这小岛下埋了那么多煞骨，已经成了一个极凶的煞地，那水下之物不会感觉不到这些煞气，为何还要待在这里呢?

他疑惑地抬头看看，天空中已经聚拢了一些黑雾，雾气沉沉，虽是正午，却像是黄昏了。

他心中暗道一声："不好！"

这些黑煞被人用白桦皮包裹着，又用镇尸罐压住，这时候见了天光，怨气冲天，怕用不了多久，那怨气就会化成乌云遮住天光。

说话间，那晴朗朗的白日迅速转黑，待那白日彻底转黑，整个天空变得墨汁一般，非常可怕。

老风水师这时候朝大家拱一拱手，说："各位，这里被人设计了一个邪术法阵，一旦这阵法被开启，我们恐怕谁都活不了了。无论如何，我们都要在天没完全黑之前，将煞骨'起'出来，不然就都走不了了。"

大家听他这么一说，一个个玩儿命般干起来。挖开厚土层，大家才发现，那块红色土地中，密密麻麻全是一块块的黑炭，摞了足足上百具白桦皮棺材。

更邪门的是，在每一个棺材的东面位置，都摆了一个陶瓷瓦罐，瓦罐被打破后，大家发现里面装着一些黑乎乎的东西。

风水先生越看越心惊，忍不住说声："造孽！"让人将墓穴里的白桦皮棺木收集在一起，连着那瓦罐一起架上火，撒上朱砂，一把火给烧掉。

那白桦皮在地下埋得久了，好多都潮湿腐烂了，好不容易才烧起来，一阵阵黑烟冒出，直冲云霄，那味道就像是臭鱼腐肉一般。大家都掩上了口鼻，仿佛听见黑雾中传来了一阵鬼哭狼嚎声，听得人人变色。

待那白桦皮棺木烧尽了，只剩下烧得通红的瓦罐，风水先生又让人用大树叶兜了些江水，泼在那瓦罐上。那瓦罐经江水一激，纷纷碎裂了。

风水先生点点头，在那东南地圈了一块八卦形状，让人按照八卦形状挖一个九尺深的深坑，在那深坑中铺上三尺厚的朱砂，然后亲自将那些黑骨给“起”了出来。

按照古训，“起”黑骨不能见五行之物，“金木水火土”都不能沾。风水先生脱下了自己的道袍，跪在地上，将那黑骨一个个捧到了袍子里。

那黑骨冰冷刺骨，仿佛将他全身的热量都吸走了，待黑骨全部“起”完，仔细裹在袍子里，风水先生双手已经变成了黑色，一股股黑气在他手臂上游动，一直往身上蹿。

他将几根银针插在指头肚上，银针一拔出来，针头都变成了黝黑色，从指肚里喷出来一股黑水，黑水腥臭无比，溅在泥土上，嘶嘶作响。

风水先生知道自己时候不多了，抱着那一袍黑骨，颤巍巍走过去，将黑骨端端正正地放在朱砂中间，又小心地用朱砂填满了八卦洞。

最后，他让大家在河边捡了一堆青色石头，排列成一组龙形，牢牢压在洞口上。这在风水上有讲究，唤作“青龙镇尸”，是用这江水的龙气镇压住尸体。

做完了这一切，他手上的黑气早已漫过了手臂，半个身子都僵硬了。他知道自己已是强弩之末，最后强撑着身子坐下，正色告诉大家，那黑骨的煞气已经化解了，让人千万不要再来这个岛，这个岛下一定还有更加古怪的东西。

现在，他已经被尸毒侵身，马上就要死了。等他死后，尸体千万不要抬回去，要就地火化，骨灰就撒在这漫漫江水之中吧。

大伙一听，无不面容耸动，这风水先生劳苦一生，为了全村人死，竟然死后还不能善终，还要受挫骨扬灰之苦，连个衣冠冢都留不下。

那风水先生却笑了，说他一生淡泊，无欲无求，最后能见得真龙一面，守在龙穴处，此生已了，再无他愿了。

说完，风水先生疲惫至极，就要慢慢闭上眼睛，这时候水下突然一阵翻腾，那只羊皮筏子一下子被抛上了岸。

那风水先生见到羊皮筏子，眼前一亮，忙让人试着拉那根牛毛绳。大家拉了一会儿，感觉有点不对劲，这牛皮绳下好像还连着什么东西，那东西不沉，开始能拉动，后来就不行了。

拉到最后，发现那牛毛绳下光秃秃的，虎骨竟然不见了，原本拴着虎骨的地方竟然拴了一截胳膊粗细的铁链。

没想到，这根牛毛绳下竟然还有一截铁链，那铁链一直朝下延伸着，不知道还有多长。这条铁链又是怎么回事?

这时，天越来越阴，黑压压的天越压越低，周围的空气仿佛都被黑雾渗透了，周围全是黏稠冰冷的黑雾，看人都只是一个模糊的影子，天上开始出现了轰隆隆的雷声。

雷声轰隆，江水翻腾得更厉害，整个湖面像个烧开了水的锅，咕嘟咕嘟往外冒着成串的大水泡，远处的大鱼像疯了一般，疯狂往水面上跳，像是世界末日了一般。

风水先生本来大限已至，这时候心中一片澄净，漠然对待这一切。突然，他想起了关于乌苏里江古老的传说，身上突然打了一个寒战，发疯一般冲到了洞口处，扑倒在地上，用手拼命刨土，大声喊着：“我们都被算计了！没想到传说竟然是真的！你们快跑，快跑，再也不要回来了！”

大家见风水先生突然疯了一般号叫起来，一个个肝胆俱裂，不知道该做什么。

这时，就见那根铁链猛然绷紧了，整个小岛都在摇晃，像是底下有什么巨大的东西要出来了。

风水先生死死抓住铁链，铁链哗啦哗啦响着，持续朝着水下走，风水先生被拉入水中，再也看不见了。

江水中狂风大作，大浪滔天，紧接着天上一个炸雷就朝着铁链处狠狠轰了下来，整个小岛像是被雷电包围了。电火之间，水下有什么怪物疯狂吼叫着，地动山摇，仿佛要冲出来。

大家再也受不了了，一个个号叫着扑到水中，拼命朝着岸边游过去，有人淹死在了江中，也有人挣扎着回去了。

也是在那一天，天降暴雨，愤怒的江水嘶叫着淹了上来，整个红崖子轰然塌陷到了河里，再也没有留下任何踪迹。

老毕师父听说了这件事后，专门去现场考查了一下，回来后默默无语，只是连连叹息。

后来，他说了一句话。

但是这句话，老毕没敢说出来。

湖南龙潭

这个故事和龙脉有关。

龙脉这东西，看起来虚无缥缈，传得也是神乎其神，想必大家都听过。老毕说，他师父也讲过关于龙脉的事情，甚至当年还亲手出手，给人改了一次风水，结果造就了一个巨富。

这个故事，发生在中国南方某个城市，那里有一口比较著名的寒潭。

这个寒潭比较神秘，有点儿从天而降的意思。据史料记载，这个寒潭是突然出现的，在唐朝天宝年间，石头缝里突然喷出泉水，泉水呈靛蓝色，往泉水里投入一块石头，石头也碧色莹莹，非常漂亮。

大家觉得很奇怪，就派人往下挖，结果越挖泉水喷得越高，后来竟然挖出来了好多手臂般粗的铁链子，像蜘蛛网一样，密密麻麻的，深深扎入山体，仿佛底下锁了什么东西。

后来有风水师就说，不能再挖了，这底下镇压了一条蛟龙，这些泉水就是蛟龙的涎水。这蛟龙成精了，杀是杀不死的，所以高人用铁链子锁住了它，要耗费千年才能镇死它。

风水师说，这也是一个难得的机缘，因为待它死后，它身上的千年灵气散去，滋养此地，会出大人物！

大伙一听，就在此修建了一个书院，想沾点儿龙气，希望子孙后代能有些出息嘛。果然后来这里也出了不少大人物。

当然了，这些都是野史讲的故事，不能全信，也就当成故事听听。

不过老毕说，他师父说过，这种大龙脉，往往能佑护当地好多年，出许多大人物。就像有地方出了个皇帝，也会跟着出一些诸侯，譬如沛县出现了皇帝刘邦，当地也跟着出了“五里三诸侯”。

他师父年轻时曾路过那个寒潭，当时他负了重伤，被附近一户人家救了，后来就决定出手一次，用这个龙脉，给他们家后人“引”一下，还了这个人情。

关于龙气怎么“引”，老毕自己也说不清楚，大概就是大龙死去后，它的精气会释放出来，谁碰上，就是谁的气运。既然龙气没被耗尽，那它必然被附近的其他生灵夺取了，就用一些法术夺过来就行了。

这所谓的龙，其实就是大蛇成精，所以最容易撞上龙气的，还是大蛇。

老毕师父看了看地形，又跟当地人打听了一些事情，心里就有数了。

这些年来，当地一直有“走蛟”的说法。“走蛟”的说法，在湖北、四川一带流传得比较广，指的是大山大水深处的大蛇，修炼一段时间后，脑袋上会长出一个红色的大鼓包，这就是大蛇要化蛟了。

这要化蛟的大蛇，会在大雨倾盆、洪水泛滥的时候，顺着大水游走，进入江海里，成为真正的蛟。

也因为大蛇身体颇大，有时候会堵住桥洞，甚至撞断河堤，造成洪水泛滥，所以好多老石桥下都倒插着剑，这叫斩龙剑，专门杀恶蛟的。如果有恶蛟堵桥洞，祸害人间，斩龙剑就会落下来，将它杀死。

当地的老人说，这些年来，一到洪水泛滥的时候，总会有大蛟在江水里翻腾，老石桥下的斩龙剑都直往下滴血。

老毕师父点点头，就开始做借龙气的法事了。这个法事比较复杂，耗时也比较长，他跟那户主家说，准备九十九根上好的原木，等到七月，他就开始启动相关转运仪式。

这九十九根原木，看着很多，不过在那个年代，木材都是随便砍伐的，只要多雇一些人，去山上砍来便是，倒也不难。

七月是鬼月，也是灾月，好多灾难都在这时候发生，尤其是洪水。待七月一到，老毕师父就沿着江水走了半日，后来确认了一个地方，让主家将九十九根上好的原木，投到江水里。

待原木入水，老毕师父又回到主家，每天饮酒作乐，倒是不慌不忙。

主家虽然心急，但是知道老毕师父是世外高人，也不敢催促。

就这样过了几个月，老毕师父又吩咐主家，让他准备三头大水牛，还要是母水牛，继续投入到江水中。那九十九根原木，看着很多，其实成本不高，但是这三头大水牛，尤其是那个时代，可真正是一笔不小的财富。

主家也有些担心，反复跟老毕师父确认后，咬咬牙派人弄了三头母水牛，也投入到了江水里。

他们本以为，已经付出了那么多，老毕师父终于要出手了吧。没想到，他却又闲了下来，每天优哉游哉，不是饮酒画画，就是四处寻访古迹。

这主家虽然仰慕老毕师父，但也渐生怨气，渐渐不耐烦起来，也不再那么殷勤了。

很快，到了八月底，主家再次找到老毕师父，希望老毕师父能尽快给他改运。老毕师父算了算，说时候也差不多了，让他准备五头老母猪、九条一米长的大青鱼（也要母的）、七七四十九只老母鸡，继续投在江水里就行。

主家这一次却没有答应，反而问老毕师父，为何要不断往江水里投家畜？老毕师父摇摇头，说天机不可泄露，不过这些家畜嘛，不投也没关系，不会对大局造成影响，只是不够完美而已。

主家就问他："不投的话，影响多大？"老毕师父说："投进去的话，子孙名利双收。不投的话，利可尽得，只是名上略微蒙尘。”

主家有些担心，问：“这名上受损，会不会臭名昭著、遗臭万年呢？”老毕师父哈哈大笑：“不会，不会，也就是一些风流韵事，说不准还有好多人艳羡他呢！”主家才放下心，说：“既然是这样，家里确实也不宽裕，就先不投了。”

老毕师父点点头，让他备了一艘木船，船上装满皂荚树枝，然后趁着月夜下水，施展出滔天手段，封住了蛟窟，逆转了运势，了断了这桩因果。

老毕讲得很简单，我却听不懂了，赶紧问他，这个截龙脉到底是怎么回事？那些原木、牛呀、猪呀，又是怎么回事？后人损害一些名誉，又是怎么回事呢？

老毕说，这些他也问过师父。他师父说，那九十九根原木，是给蛟龙做巢穴的。蛟龙很讲究巢穴布置，它看见了这些好木料，就会拖走，给自己建巢穴。蛟龙的巢穴都在大山大水中，用原木垒成，层层叠叠的，非常精致。这蛟龙一旦搭建好了巢穴，轻易就不会离开，这样才能找到它。

而那些母牛、母猪等，都是给龙交配用的。龙性极淫，所谓龙生九子，各有不同，说的就是龙见了动物就会去交配，生出各种不同的生物，污牛生特龙，污猪生债龙。之所以在江水里投放那么多母兽，也是想要耗尽它的“淫气”，让承接它气运的后人，可以更有“正气”，这也是为主家后人好。

不过那个主家不舍得投放家畜，只是后人难免会在女人身上把持不住，风流一些。

老毕说，师父临走前告诉主家，他截取了一段龙脉，有伤天合，这因果自然由他承担。不过保险起见，他们家最好还是要远远搬开，最好跟家族断绝关系，等后人发达后，再认祖归宗。

我最后问他，那他的后人有没有大富大贵呢？

老毕骄傲地说：“我师父亲自出手，那还能有错？”我赶紧问他：“那风流吗？”老毕说：“很风流。”然后他说了那个人的名字。

我一愣，开始觉得不太可信，又仔细查了查，才觉得有些意思。就不知道到底是巧合，还是因为当初主家舍不得那一些家畜了。

黄河巨鼋

这个故事，是关于老毕那个神秘师娘的。

用老毕的说法，他师父已经是传说中的高人了，但是和他师娘完全不能比。

他曾经问过师父：“你老说师娘是高人，那她有多高呢？”他师父就说：“你看见前面这个小山包了吧？你师父差不多那么高。你师娘啊，有昆仑山那么高呢！”

老毕就吃惊了：“师娘怎么能那么高？”老毕师父就说：“你师娘她出自昆仑山的隐世门派金门，金门镇守昆仑第九山，座下只有十三个弟子，号称金门十三子。金门十三子，九子镇守九州，三子行走天下，守护人间。”

老毕问：“那还有一子呢？”老毕师父感慨：“还有一子，游戏人间。这个游戏人间的，就是你师娘，号称小十三，也是金门最小的师妹。”

老毕问：“那师娘她厉害不？”老毕师父说：“我第一次见到你师娘的时候，她还是一个脾气暴躁的少女。她当时扛着一把比她自己还大的霸刀，上面还镶嵌着各种刀刃、獠牙，打得百丈高的巨怪抬不起头。”

老毕问：“那师父……你打不过师娘吧……”老毕师父说：“这天下，也没几个能打过她的……”

老毕问：“那师娘是不是最厉害的？”老毕师父说：“你师娘啊，是金门十三子里最弱的那个。不过大家都让着她，所以她一直觉得自己是最厉害的那个。”

老毕问：“那金门谁最厉害呢？”老毕师父说：“那就没人知道了。因为这十三个人，不仅性格秉性不同，连武器武功都不一样。十二子持龙角剑，与蛟为伴，镇守黄河第八段。十一子王，王不留情，所到之处，鸡犬不留。第十子，半佛半魔，悬壶灭世。”

老毕说：“真想看看他们十三个人一起下山的样子。”老毕师父说：“江湖上说，‘十三子尽出，昆仑山崩’，这天下，恐怕还没有人能让他们十三个人一起下山的事情呢。”

然后老毕师父就讲了他当年和师娘金门小十三认识的故事。

那时候还是民国，贪官污吏遍地、匪盗横行，尤其是黄河连年水患，一旦决了口，更是真正的大灾难。在当时，官家对黄河水患已经重视到了疯狂的程度。什么奇葩事情都有，官员带头修建黄河大王庙，祭祀黄河大王，还有请道士做法的，有请和尚念咒的，就希望黄河不出事。

但还是不行，该决口照样决口，后来就有人献上一计，说黄河大王对恶人不满，得把恶人填到黄河眼里去才行。

这样，每次黄河决堤，大家合拢关口时，官家就会派河兵捉来一批人，将他们填进关口中，一开始主要填的是贪官，还有一些作恶多端的江洋大盗。

后来人不够了，也就红了眼，逮着当地的老百姓也填进去。那黄河合拢之时，百姓血染黄河，那黄河水伴着血水奔腾而去，染红了官家的帽子，也哭红了老百姓的眼。

且说有一年，黄河在河南决口，军民奋战，开始堵口子。官家将犯人全扔进黄河中，可口子还是堵不住，沙石一下去就没了影，下面像个无底洞一般。官家杀红了眼，当时便让士兵捉几十个百姓，要填入关口看看。

这时，旁边走来了一个云游道士，拦下了士兵，对那官家说了一番话。他说，大人，此事无关百姓，只是这黄河口子下趴着一只巨鼋，也就是巨龟，那石头沙泥都堆在了巨龟背上，它身子一晃，这堤就破了，所以不管杀多少人投进去，都是不够的。

那官家自然不信，挥挥手让士兵将他赶走，那道士就说了一声："大人且听我一言，小道所说要是有误，愿请大人将小道封入河堤中！"

官家听他说得郑重，便让他继续说下去。

那道士说，要想将这个大堤筑好，倒也不难，只需要将那巨龟赶走即可。要将巨龟赶走，也容易，龟怕狗尿，闻到狗尿味就会四肢发软，尤其是黑狗尿。官家只要找到几桶狗尿浇下去，再倒进去一车生石灰，那巨龟就会逃跑了。

那官家听他说得煞有其事，想着狗尿也不是什么稀罕物，索性听他一言，便让人弄了一桶狗尿，往水下一倒。那狗尿倒下去没多久，就见那水下冒出来一串串葡萄般的大水泡。

这道士又让人将备好的生石灰投入水中，那水中顿时炸锅了一般，石灰水伴着水底下的污泥，呼啦哗啦翻着巨大的水花。过了没多久，那河堤处的水全部变黑了，大家立刻退到外面，生怕会出现什么变故。

在波涛之中，大家看见黄河水面渐渐升高了，最后竟然浮上来一只巨龟，那巨龟黑背铁甲，仿佛小山包那么大，朝人群探头探脑看了一眼，便踏波逐浪，顺着黄河游走了。

那官家这回才知道遇上了高人，原来河堤一直堵不住，竟是这腌臜老鳖作怪，当时便拜谢了道士，命令河兵全力合拢河口。大家也是士气大振，一起努力，堆起条石、沙袋，一次便将口子给牢牢堵住了。

那道士又在大堤处指点了四处方位，让工匠雕了四尊巨狮沉入黄河大堤处，四尊巨狮摆出一个震天吼的阵法，可保巨龟永不会来犯。

官家大喜，当晚在黄河边上设宴招待那道人，酒席上大家各自欢喜，纷纷向道人道谢，那漂亮话儿说得花团锦簇一般。

这时，冷不防传来一个声音，说：“你这牛鼻子，学艺不精，胡乱指点，不知道要害死多少人的性命？！”

且说那个年轻道人被大家拥在中心，又多喝了几杯素酒，也是有些飘飘然，难免有些自得，这时猛然听到这句话，饶是定力非常，也有几分恼火。

大家往外一看，发现说话的是一个十五六岁的小少年，小少年穿着一身白色道袍，背着一个巨大无比的木匣子。他肩膀上站着一只火红色的小猕猴，猴子昂首望天，看着既骄傲又古怪。

大家也都有些诧异，想着大家饮酒的地方乃是官府后院，戒备森严，这个小少年又是怎么进来的?

那官府主人喝道：“何方妖童，胆敢胡言乱语！快来人啊，将这妖童给我拿下！”

那少年却不理他，只是朝着那年轻道人做了一个特殊的手势。那手势特别古怪，像是结印，双手上下翻动，很快就做出了一个古怪造型。然后他转身就走，轻飘飘就到了墙上，接着就消失掉了，简直鬼魅一般。

那道人心里猛然一沉，匆匆站起来，给官家道个歉，然后身子猛然一扭，来了一个旱地拔葱，跃到墙上，跟着小少年跑走了。因为那少年年龄虽小，但是手势却毫不含糊，这是江湖人打招呼的一种暗语，表明自己江湖地位的。

他有些吃惊，按照小少年的手势来看，他的地位极高，已经高到了难以想象的地步，就像活了几百岁的世外高人，突然收了一个关门弟子的那种高度。

但是在这个时代，江湖上龙蛇混杂，高人凋零，哪里还有地位那么高的人呢？

那少年也不解释，只朝着前面奔跑，那年轻道人一身功夫也是着实不弱，两人在月亮地里，一前一后朝着黄河边跑去。

且说两人很快到了那黄河决堤处，星月之下，那道人往那黄河里看了一看，不由头皮发麻，胆战心惊。

原来在那明晃晃的月光底下，原本黄浊的河水竟然变成了黏稠的血红色，看着血气冲天，诡异妖艳，更有无尽死鱼烂虾漂浮在上面，仿佛无数浮尸涌动，更加显得怪异。

那道人忍不住倒退几步问：“这……这又是怎么回事？”小少年背负着双手，冷冷地看着血河说：“还不是你干的好事。你把镇河巨鼋给赶走了，阴城的门要开了，那里的东西要出来了。”

道人忍不住问：“阴城又是什么？那巨鼋莫非是在这里守着什么东西？”小少年没理他，若有所思地说：“我要下去把阴城的大门封住……我一个人不行，你要助我！”

这道人看着这血河浮尸，饶是艺高人胆大，也是倒吸了一口冷气。再看看这个小少年，他十五六岁的年纪，头发高高束起，戴了一个玉冠，仿佛古代王族。他站在河堤上，淡然面对奔腾的血河，一脸淡然。

那道人暗暗想，小少年这份从容和气度，看来是一个隐世的超级门派子弟，要不是黄河突遭横祸，他实在找不到帮手，估计压根儿都不会搭理自己。再想想自己的幼稚举动，还以为自己救了河堤，没想到却酿成大祸，于是他也慨然说道，不管前方刀山火海，他都发誓要随仙童闯上一闯。

那小少年面色古怪地看了他一眼，嘟囔了一声，说你能闯什么，你不拖后腿就不错了。说完他就跳进了奔腾的血河里。

那道人大吃一惊，当时也顾不得其他，紧跟着跳了下去。

那水下原本就是一个巨大的漩涡，人一进去，立刻被卷到了巨大的漩涡里，连挣扎的功夫都没有，就被卷了进去，身子像浮萍一般，被河水肆意蹂躏。后来他觉得身上猛然一轻，就被重重抛在了一块土地上。

道人一个鱼跃起身，却发现周围漆黑，但是脚下却是结结实实的土地，赶紧从怀里摸出几支用油布密封的火折子，吹着了，朝着周围仔细一看，却发现是一个巨大的山洞，山洞幽深、潮湿，不知道有多长。

眯着眼看了看，这山洞并不像先天形成，却像是人工雕琢而成，不过谁会在大山中开凿这样一个山洞呢？

他举着火折子，小心翼翼往前走，山洞中还存着一些积水，在洞中缓缓流淌着，不知道要流到哪里去。看看水中，水中有些绿莹莹的颜色，灯光之下，特别耀眼。仔细看看，水中有块亮闪闪的石头，捞出来一看，那是一块拳头大小的白色石头，石头上长满了绿斑，中间还有肉色的岩石夹层。

道人心里一动，这是一块石英砂，人称“上有丹砂，下有黄金”，这里的丹砂，说的就是石英砂。这石头上的绿斑是铜锈，还有少量的银，据说只要找到石英砂，那距离金脉就不远了。

道人越发奇怪，莫非这黄河底下，还隐藏了一个几百年前的金矿不成?

再往前走了一会儿，道人发现地上有了一些折断的箭矢、锈死的刀剑，以及一堆腐烂的盔甲，看着像是古代的东西。

他继续往前走，就看到前面有一口大缸，缸上雕刻着一圈圈的花纹，像古人祭祀用的三足鼎，不过古代的三足鼎可没有那么大的。

那口大缸上蒙了一层兽皮，兽皮上一层油污，腥臭难闻。他掏出一把柳叶刀，轻轻划开兽皮，看见缸中有一个造型古朴的铁坛子，铁坛子中是黄澄澄的细沙，他一下子就认出来了，这个是金沙。

这个缸里怎么装的是金沙?那道人虽然清雅，但是见了这无主之财也是眼热，当时就将那坛子里的金沙倒干净，用一个小包袱包了，背在身后。

倒完金沙，坛子里就出现了一块温润的古玉。那古玉大约有拇指大小，雕成鱼状，道人开始以为是一个玉佩，摸起来一试，那东西温温的，质软，像是一块骨头，但是骨头又不可能有这样透明的，像黄玉一般，看起来像是琥珀。

他闻了一下，那东西有股淡淡的腥气，看来也是水里的物件。道人将那古玉也收好了，继续往前走。

这时，他终于发现了白袍少年，那个人正在山洞尽头研究着什么。他赶紧运足气力，朝着白袍少年飞奔过去，想着此间的秘密，那个小少年一定清清楚楚。

到了小少年那边，他才发现，原来这个山洞尽头，竟然是一个深不见底的深坑，或者说是一个地心裂缝，底下不知道有多远，白雾弥漫，阴冷恐怖，看着有点儿像是阴间。

他没多想，当时就丢了一个火折子下去。火折子碰到岩壁，跌跌撞撞掉了下去，最后越来越小，成了一个隐约的亮点，然后渐渐不见了。

这底下，竟似一个无底洞一般。

紧接着，那底下传来了一声若有若无的咆哮声，接着竟然传来了金属的碰撞声，仿佛底下锁着什么巨兽一般。

道人吃惊地问：“这底下，这底下是什么？”

小少年说，这底下就是阴城了。他说：“那巨鼋原本是看管阴城入口的，但是被你用黑狗血引走了，所以这底下的东西要出来了。我要下去，把它再给封印了。”

他说：“如果七日后，我不出来，你就用炸药炸掉这里。然后，你去任何一个黄河码头，说你受小十三委托，来找金门十三子，然后让他们过来封印了这里。”

道人也有些伤感，知道此行特别危险，小少年已经做好身陨的准备了。

于是他劝小少年，说老话说得好，留得青山在，不愁没柴烧，要不然这一次就算了，反正现在天下大乱，生灵涂炭，也不差这一两个地方了。

小少年却摇头，说："你不懂的，天道轮回，分分合合，天下生灵和我何干？我们金门只是奉命镇守阴城而已。"

道人忍不住说："可是你会死啊！"小少年一脸鄙视地看着他："人早晚都会死的。"

道人忍不住问："这个阴城到底是什么呢？"小少年露出了一种古怪的微笑，说："阴城啊，它是这世界最好的地方，也是最邪恶的地方，只要你能找到阴城，愿意付出代价交换，那么不管你许什么愿，它都能满足你。"

道人忍不住笑了，说那我跟他许愿当皇帝也行吗？小少年面色古怪地看着他，那你以为那几个农民皇帝是怎么上位的？

道人看着他，突然有些不敢相信了。

小少年摇摇头，用一种看傻子的表情看着他，然后在身后的木匣子上猛然一拍，匣子应声打开，从里面飞出一柄巨大的霸刀，还有一些狰狞的兵刃等，小少年一把抓住霸刀，又将那些狰狞的兵刃卡在大刀上，立刻变成了一柄寒气逼人的武器。

道人见这小少年娇小可爱，却举着一把比他自己还要大的霸刀，不由莞尔一笑。

小少年狠狠剜了他一眼，扛着那柄霸刀，轻轻一跃，便跳了下去。临下去的一瞬间，他将肩膀上的猕猴抛了上来，说："要是我回不来，就把红小鸭送回昆仑山。"

道人抱着猕猴，忍不住喊道："你为啥给猴子取名叫红小鸭啊！”深渊下传来了断断续续的声音：“因为——喜欢——你——管得着——吗——”

道人在这里等了七天。

开始的时候，他特别警惕，首先是警惕那只无恶不作的猕猴。那猕猴简直淘气炸了，上蹿下跳的，一会儿也不得闲。其次是担心小少年会出事。

他掐着时间，在这里守到第六天，就听见深渊处传来窸窸窣窣的声音，就看见那个白袍少年竟然上来了。

虽然他还是一脸桀骜，但是身上白衣已经变成了血衣，脸色也苍白得吓人。猕猴吱呀一声叫，几步就蹿了过去，然后爬到了他的肩膀上。

小少年脸上终于露出了笑容，对道人说：“我把它封印了。”然后他身体一晃，重重摔倒在地上。

道人赶紧过去，紧紧抱住他，脱掉他的血衣，才发现他身上全是巨大的抓痕，伤口狰狞可怖，就像是和一条巨龙大战了一场。

他赶紧掏出随身携带的药粉，给他小心敷上，在上药时他才发现，原来这个骄傲的小少年，竟然是个姑娘。

那年轻道人在给小少年包扎身体时，无意中发现她是个姑娘，当时也是脸色羞红，赶紧眼观鼻，鼻观心，草草给她包扎了一下，就远远地坐在旁边看守着她。

小姑娘平时看着骄傲、冷酷，现在昏迷后，身体蜷缩成了婴儿状，有时呼吸急促，有时呼吸稳定，年轻道人在旁边喂药换药，日夜不停，悉心照料。

她逐渐平静下来，他才终于松了一口气，仔细看看小姑娘，她估计在做梦，竟然在梦里咯咯笑出了声，笑靥如花，让他一时看得痴了。

这道人原本出自憋宝门，被誉为憋宝门里百年不遇的天才，自小心高气傲，年纪轻轻便在山门闯下了偌大的名气，博得人人称赞，自己也颇有些志得意满，没想到在这个姑娘面前，自己真的是萤火比之明月，要自惭形秽了。

他又想，师父下山时叮嘱他，说妖魔鬼怪不怕，最怕的是红粉骷髅，那才是真正的吃人不吐骨头。

他回想起师父的话，不由笑了，想着姑娘若是能病好，那便是吃了自己又如何，只要她不嫌弃自己一身苦肉酸臭便好。

小姑娘昏迷了一天一夜，第二天她醒来了。她出手如电，一把抓起旁边的霸刀，便要杀掉年轻道人，那霸刀锋利无比，在道人脖子处堪堪停住，一股蚯蚓般的血水缓缓流下。

年轻道人微笑着看着她，轻声说："你醒了，真是太好了。"她红着脸，迅速检查了一下身上裹得严严实实的纱布，冷哼一声："我们江湖儿女，有恩报恩，有怨报怨。但是你看了我的身子，要不然娶我，要不然我就杀了你，然后自杀。"

道人脸唰一下红了，他结结巴巴地说："我……你……"姑娘没好气地说："我什么我？！莫非我还配不上你这个呆子？！"

道人结结巴巴地说："配得上，配得上，我，小道，贫道，我……"姑娘扑哧一下笑了，说："我逗你的！"

道人这才松了一口气，心里却也是怅然若失，在那手忙脚乱烧水，煮饭，要让姑娘赶紧吃点儿东西，恢复恢复元气。

他们在山洞里休养了几天，小姑娘心情好时，也会跟他说一些事情。原来这个小姑娘出自昆仑山一个极特殊的门派，叫作金门。

算起来，祖师爷传下来的手艺有三十六类、七十二行，但是大家不知道，除了这些外，还有一门非常古老神秘的手艺一直流传在民间，那就是采金。

说起这采金，话就长了。古代以金银为货币，对采金之事慎之再慎，所以官府从民间招募了大批高手入山采金。为防止采金人私藏黄金，采金人在采金时要赤身裸体，出来后还要被反复检查，头发、口腔、脚指甲，所以金门虽日采斗金，可是到头来却连一粒金沙也留不住，最后大都穷困交加，含恨而亡。

金门之人长年在山水中奔波，历经千辛万苦采得金沙，又被官府盘剥尽了，无不想尽方法私藏黄金，有人打掉槽牙，在牙缝处镶嵌一颗金瓜子进去，也有人用一根极细的牛毛绳拴住一块狗头金，一头系在牙上，将狗头金吞咽到肚子里，一旦牛毛绳断掉，坠到肠子里，不消一时三刻，肠子就坠断了，人也会历尽千万痛苦而死。

后来天可怜见，有高人自昆仑山下来，看到金民困苦，于是教了他们一些采金秘术，希望他们可以自行寻金，再不受官府压榨。这个高人就出自金门。

高人传下来的采金秘术包括四脉，分别是“分水”“观山”“探渊”“凌云”，有道是“分水定金”“观山寻脉”“探渊夺金”“凌云淘金”。

小姑娘说，现在这个山洞，就是采金“分水”一脉开凿的，他们的“分水定金”，就是专门寻找大水里的金脉。

她说，这采金秘术，包括观山、辨水、寻金线，最后找到隐藏在大山深水中的金脉。

观山，说的是寻找藏金的大山。藏金的大山有种特别的形状，是一种倒元宝状，也像一个馒头状，这种山最可能出金矿。

藏山好看，辨水就难了，这是一门技术活。辨水是采金术语，说的是找出金线后，怎么沿着金线的走向发现金脉。

金子裹在岩石中，经日晒雨淋后，岩石裂开，金沙流到水中，懂行的人看到一粒金沙，就会顺着水流和河水的脉络去寻找金线。

寻金线，先要找金沙。金沙就是水中的小金沙粒，有的地方多，有的地方少，混在水中的河沙里，在晚上举着松明从水中照过去，能看到河底下有一条隐约的金线，顺着金线走，就能找到金脉。

找金脉要找到相应的“土”。五行曰“土生金”，这生金之“土”就是花岗岩，只有花岗岩才可能是金脉。还有火山岩浆，这种地方也出金。

找到金脉之后，就离金矿不远了，然后“观脉定位”，就是根据岩层中金脉的纹路和走向，判断出金层的所在地。

好多人千辛万苦找到金脉，但是凿空了半座山也找不到金层，最后血本无归，跳崖自尽，这些事情都太常见了。寻金路上，白骨累累，金山下摞的一层一层全是人骨头。

她给年轻道人指点，说他刚才看到的那个大鼎，就是金门镇压在这里的标志，里面坛子里的金沙，就是水金的标志，里面有一块软玉一样的东西，那是水金一脉的信物。

这东西是从上百斤的青鱼脑中取出的一块软骨，唤作青鱼枕，这东西用秘法炼制后，佩戴在身上，水下的毒虫大蛇会纷纷避开你，这是辟邪的。

年轻道人脸上一红，赶紧掏出来金沙和青鱼枕，要给小姑娘。

小姑娘摇摇头，说水金一脉富可敌国，还在乎这些？这些你还是收着吧，要不然待会儿出了洞穴，怕你走不出这黄河洞窟。年轻道人才恭恭敬敬收好了这些东西，继续听她讲。

小姑娘说，采金四脉富可敌国，但是非常低调，外界根本不知道他们的存在。他们暗地里控制了一些门派，像洪门、青帮、红帮，其实背后都有采金四脉的影子，毕竟他们太有钱了，可以说用金钱控制了民间各大门派。

道人听她这么说，也是佩服不已，说没想到姑娘竟然是采金的高人，就是不知道属于四脉中的哪一脉呢？

姑娘一脸骄傲，说采金行本身就是一个不入流的门派，哪配得上“高人”二字？

道人更加吃惊了，说：“敢问姑娘的师门？”姑娘说：“我之前不是告诉过你，我出自昆仑山一个隐世门派，叫作金门。”

道人一惊，问：“这金门和采金四脉的关系？”小姑娘说：“采金四脉的秘术，就是我们金门传下来的。这个采金门，相当于我们金门在人间的力量吧。”

道人更加吃惊了：“那你们金门，不属于人间吗？”小姑娘摇摇头，说金门作为人间的极致力量，主要隐居在昆仑山，研究的是如何成仙。

道人有些不明白，问她：“你所说的仙，是指的世人说的神佛吗？”小姑娘摇摇头，说那些都是人们臆想出来的，但是真正的“仙”也是存在的。其实这么看，一个人或者动物，如果活了上千年不死，又拥有各种异能，这种其实就算是仙了。

道人更加吃惊了，说这个世界上还真的有这种存在吗？小姑娘就笑了，说道人的起点太低了，看不到是正常的，就像是阴城里的东西，这个深渊底下封印的东西，活了几百年上千年了，都通灵了，它不也能称为半仙？

道人想想，倒也是这个道理，话本小说里牛魔王、孙悟空这种，不也就是这样被神化的嘛。

他又问，那这些仙人都在哪里呢？他们会不会出来祸害人间呢？小姑娘说，这个世界是平衡的，天道平衡，人间也平衡，各种终极力量都是相互制约，不能轻易出手的。如果大妖祸乱人间，自有更厉害的高人去收复，他们小小金门，也就镇压几个阴城入口就好了。

道人大吃一惊，问："这世上还有比你们更厉害的高人吗？"小姑娘笑了，说："我们号称镇守昆仑第九山，那这世上自然有八个门派还在我们之上。我们金门，也就是在昆仑山山腰罢了，那山顶却是高不可攀的。"

她说，八百年前，阴城大门被人打开，有大妖出世，祸乱人间，驱使黄河倒灌八百里，河水流至中天，千万生灵遭灭世之祸。后来昆仑山上垂下一只纤纤玉手，只这一只手，就生生镇压了黄河八百年，真正的只手遮天，睥睨天下。

道人倒吸了一口冷气，说这太厉害了！那昆仑山顶，就是最高的高人了吧？小姑娘摇摇头说："哪有呢？我师父说，最高的人，比昆仑山还要高呢。不过我师父也说了，天下高人出昆仑，一人玉山万马喑。这一世，所有高人都会登临昆仑山，搏一世成仙。"

道人吃惊了："成仙？昆仑山上真的可以成仙吗？"小姑娘说，天上白玉京，十二楼五城，仙人抚我顶，结发受长生。据说，昆仑山顶有一座飘浮的天宫，叫作白玉京，那是仙人们居住的地方。

道人结结巴巴地说，可是那座城是飘浮在天上，怎么上去呢？小姑娘说，据说人间终极的力量，可以在昆仑之巅继续往上走，那是一条登天之路，也被誉为成仙路。

她说："要去白玉京，先走成仙路，可是我师父说，成仙路在八百年前被人用十万尸骸烧断了。不过在这一世，会有天生仙胎降世，重续成仙路，所以大家都会赶往昆仑山，搏一搏成仙的机缘。"

她叹了一口气，又坚定地说："早晚，我要走一遭成仙路。"年轻道人在旁边低声说："我陪你走。"小姑娘看了他一眼，想说什么，最终什么也没有说。

他们在山洞里待了七天。第八天，山洞外波浪滔天，小姑娘带着道人走出去，发现一只足足有一间房子那么大的巨龟，用脑袋撞着山洞，撞得巨石哗啦哗啦往下掉。

小姑娘哈哈大笑，带着小猕猴跃到巨龟背上，那巨龟摇头晃脑，翻开波浪，顺着黄河游走了。

道人看着她，怅然若失，忍不住喊她："哎，我还不知道你的名字呢？"

波浪滔天，有一线声音悠悠传来："金门小十三，金子贞！小道人，记得以后要陪我登临成仙路哎！"

老毕讲完这个故事，不说话了。

我试着问："那个年轻道人？"

老毕点点头："就是我师父。"

我问："那个小十三——？"

老毕大怒："小十三也是你叫的？！叫师娘？！"

我说："那师娘她？"

老毕说："师娘后来给我师父鸿雁传书，相约一起去昆仑山，闯一闯成仙路。我师父收到信后，赶到昆仑之巅，发现她在石壁上留下了一行字……人却失踪了，只剩下了那只猕猴。"

"师父后来带着我，还有那只猕猴，在各地疯狂寻找东西，其实就是在找她。我师父总觉得，师娘她一定是走上了成仙路，但是成仙路断了，所以她可能被困在了那里，只要他找到成仙路，早晚能找到她。"

我又问他，那成仙路断了，到底是怎么回事？老毕摇摇头，说这也是他师父一辈子寻找的终极答案。

他沉默了一会儿，说："我师娘留下了一句诗：天下高人出昆仑，一入玉山万马喑。三千仙童闯玉山，玉山成道有几人？"

他说，不知道师父有没有找到他师娘。

他说，他很想师父。

金老七

这个故事还是讲的金门。

不过这个故事不是老毕讲的了，而是我亲身经历的。

老毕虽然给我讲了不少关于金门的故事，但是我并没有当真，只是把它当成一个江湖故事看，类似金庸、古龙的武侠小说，也很有趣。所以在很长一段时期内，我都觉得是老毕太喜欢江湖故事了，然后自己虚构了一个师父出来。

但是没想到，我后来真遇到了一个金门弟子。

那时候，我们家已经彻底败落了，我也从一个成天潇洒度日的少爷，变成了一个大学学费都交不起的穷学生。当时不忍心让母亲为我奔波筹措学费，加上念的学校也很破，索性自己偷偷办了退学，在北京潮白河畔一个大杂院租了间屋子，勉强活着。

当时日子很艰难，大杂院里住的几个人，有卖煎饼果子的独眼老大爷，有一对找不到工作的小夫妻，还有一对不知道是躲债还是什么的中年夫妻，我当时养了一只猫，住在那里。

我当时租的房间，月租金只要三十元钱，也就是一天一元钱，可是我每天的生活费也是一元多点儿钱，连馒头都买不起，就买点儿大米，弄了个煤球炉子，自己生火做饭。

有一年冬天，实在太冷了，简直滴水成冰，我的炉子熄火了，我半夜爬起来生火，去外面用砖头去砸大木头，想砸点儿碎木头生火。

大木头上全是厚厚的冰壳子，砸也砸不动，手指头都冻僵了，有时候砸在手上，都不觉得疼，后来只能放弃了，搂着那只猫，我们两个哆嗦了一夜。

第二天早晨，太阳出来了，我还活着，那只猫已经冻死了。

生活啊，就是这么残忍。

后来就想着去找个工作，好歹赚点儿钱，要不然真的就饿死了。当时只要给钱，我什么都干，给一个编剧做枪手，给一个私家侦探老板写传记，给别人攒图书策划案，后来就跟一个叫“老满”的大哥混日子。

老满大哥对我很好，他虽然也很穷，而且没工作，但是用他的话说，只要有他一口吃的，就有我一口吃的，所以我也死心塌地跟他干。

老满大哥姓“那”，他是满族人，家里以前是清朝大族，当年老北京几条街都是他们家的。后来家里连续出了几代大纨绔，把家产都败光了，就给他剩下了一个仓库。

老满大哥对这个仓库很满意，他说，这里从前是大清朝装粮油的地方，风水极好。他的证据是，仓库里住着一堆老黄皮子，老得毛都白了，而且这里经常大晴天打雷，一串串的雷打在仓库上，震得仓库嗡嗡往下掉灰。老满大哥说，这叫旱天雷，是打这些黄皮子的，它们在仓库里住了几百年，都成精了。

我们就住在那个仓库里，我当时很迷军品，还弄了一个吊床、一堆木板，固定在仓库上面，弄了个迷彩帐篷，拉着各种迷彩条，弄得像个军事基地。

这都是十几年前的事情了。

前几年，我去老满大哥那里，看到那个帐篷还在，我还很感慨，专门上去睡了一会儿。发现那些老黄皮子还在，探头探脑地看我。它们还认识我，看到是我后，就大摇大摆地走了出来，被我用鞋子丢了好几下也不怕。

好快啊，算算都十五六年了！

我们当年很穷，拼命想办法赚钱。我们倒卖过邮票，干过野导游，去新疆贩过玉，从土夫子那里倒腾过古董，给风水大师做过托，还给外地人运过尸体，三教九流，什么都干。好多人觉得我怎么什么都懂点儿，其实都是那些年学的。

但是正所谓“穷忙”“穷忙”，人越穷吧，就越忙，所以我们当时越来越穷，几乎都要吃不上饭了。好在老满还有“房”，不用交房租，就是那个仓库，不然真就饿死了。

这个仓库确实很大，高高的房顶，粗壮的梁木，结结实实，板板正正，敞亮，但是你再好，也就是个仓库，没法对外招租，谁会租一个仓库呢?

但是还真的有，就是我要说的那个奇人。这是一个邋邋遢遢的道人，而且半僧半道，用现代网络术语说，就是佛道双修的隐士。他脖子上戴着一串佛教的嘎巴拉，手腕上有个道家的雷击木牌，而且荤酒不忌，特别能喝，一顿能喝三瓶小牛二！

所以我们当时就认准了，这人肯定是一个神棍。事实上也差不多，他租了仓库一角后，在那里摆了一个香案，上面供奉着“三清”、观世音菩萨、济公活佛，甚至还有吕洞宾。

他每天在香案底下盘腿坐着，喝酒吃肉，还指点我，说供奉“三清”是尊重道门，观世音自然是尊重佛教嘛，吕洞宾是剑仙，他能打啊，而且还招桃花（三戏白牡丹嘛），这济公就简单了，因为他们都有共同的爱好，都喜欢喝酒吃肉嘛！

行吧，他喜欢就好，反正只要给我们交房租就成！

我们原本以为，他住在这里，是为了避人耳目，好方便诈骗点儿钱财什么的，后来发现，还真不是。

他来到这里后，根本不出门，就盘腿坐在香案底下，也不念经，也不打坐，就这么歪着头打瞌睡，睡醒了，就叫我给他买吃的。

他很大方，每次都让我买一大堆吃的喝的，然后邀请我们俩也过来，称兄道弟，一起吃吃喝喝，倒也畅快。

但是好景不长，过了大半年，这邋遢道人也没钱了，我们三个又开始挨饿了。

大家就商量着怎么办啊，要不然继续出去练摊，好歹混口饭吃。邋遢道人就给了我一个电话，让我联系这个人，就说是金老七的朋友，让他给点儿钱，不过千万不能让他过来。

我将信将疑，试着打了个电话，对面是一个姑娘，听我说了“金老七”后，激动得几乎失了声，在电话里千万恳求，一定要让我告知地址，她马上亲自送钱过来。

我当时还是个少年，哪经得住小姑娘梨花带雨地请求，当时就告诉了她地址。没多久，就来了一个小姑娘，急匆匆跑过来，丢给我一个黑色手包，然后就问我金老七在哪里。

我把她带进去，没想到她看到金老七后，一下子就跪下了。我和老满就慌了，想着这是怎么个情况啊，莫非是金老七这个畜生骗了人家姑娘，这老王八蛋也真的是，所谓盗亦有道，他怎么能胡搞呢？

没想到，姑娘紧接着喊了一声：“爷爷！”

我和老满的冷汗都要下来了。因为金老七吧，我们虽然没问过他年龄，但是他看着就四十岁的样子，而且他平时和我们称兄道弟的，还喊老满“大哥”，这怎么孙女都那么大了？

这不对啊！

小姑娘估计看着我们比较尴尬，就解释了几句，说自己上学时跳了几级，研究生念的武汉大学二年制的民商法，所以自己虽然已经工作几年了，其实才刚二十出头。

我说：“……姑娘，你这分明是在炫耀啊！”

老满说："……姑娘，你是抱养的吧！"

但是想想也不对啊，这毕竟是孙女啊，不是女儿啊，她即便是刚生下来就念书，那也不可能啊！

老满试探着问了一句："老七，你几几年结的婚啊？"

金老七想了想说："那就记不清了。好像是抗美援朝那一年吧，当时到处都嚷嚷着打倒美帝国主义。我当时在'安东'（后来改名叫'丹东'）执行一个师门任务，那时候鸭绿江边出了点儿事情。当时闲着无聊，溜出去看热闹，结果喝多了，后来不知道怎么回事，跟当地一个朝鲜族姑娘好上了。哎，这就是酒后误事啊，都是孽债啊孽债！"

第二天，我专门查了查，抗美援朝那一年，是 1950 年。这么算算，老七恐怕至少有七八十岁了，这他娘的，这个人怎么不会老啊？！

金老七对她孙女很冷淡，说不了几句，就挥挥手让她走了，说自己要清修了，见不得外人打扰。

小姑娘很伤心，梨花带泪出去了。她走之前，再三恳求我，一定要照顾好她爷爷，有她爷爷的任何消息，都请第一时间通知她。

小姑娘在某特殊部门工作，福利很好，隔三岔五给我们带海味，海参、鲍鱼这种就不说了，还有簸箕大的乌贼、手臂粗的大龙虾、一尺长的对虾，说是单位发的福利。

金老七虽然对她很冷淡，但是对她送来的东西，却是来者不拒，有时候心情好了，也默许她在这里吃顿饭。

小姑娘很高兴，但是也很紧张。

我们都很奇怪，按说这么邋邋遢遢的老道人，能有这么一个争气漂亮的孙女，心疼还来不及，怎么会那么冷淡呢？

但是这种事情嘛，他不说，我们也不好问。

老道人还是叫老满大哥，叫我老弟，说大家是江湖子弟，自然是平辈相交。这也让小姑娘很尴尬，不知道怎么称呼我们，最后只好叫我们先生，老满先生，小鱼先生。

有一年中秋节，小孙女带了一大篓阳澄湖大闸蟹，这是我这辈子见过最大的大闸蟹，很威武。当时金老七很高兴，说吃大闸蟹就要吃这种大个儿的才鲜啊，还要配老石榴，喝绍兴那种黏稠似蜜的老黄酒，这样的吃法最好。

我当时嘴欠，专门问了他为啥，结果他说了很煞风景的一段话。他说，因为大闸蟹的味道啊，是最接近人肉的，但是人肉略有些酸味，所以要配上石榴，才更像人肉宴。

老满弄了一个八仙桌，在院里那棵老枣树下摆开，吃了大闸蟹、石榴、风鸭、时蔬，又喝了老黄酒，酒足饭饱，大家兴致都很高。

金老七也很高兴，他哼了几句京剧，慢慢转着酒杯，看着天上一轮圆月，突然感慨了一句，对她孙女说："哎，我当年啊，第一次看见你奶奶时，就是中秋节哇！"

我们知道他终于要讲当年的事情了，都赶紧竖起耳朵偷听。

只听他说道：

你奶奶是朝鲜族，朝鲜族也过中秋节的，他们那里叫“秋夕节”。

咱们过中秋节嘛，都是一家团圆，他们那里不是，他们那里是祭奠先人，要扫墓，有点儿像咱们的清明节。等扫墓完事了，就吃松糕，然后举办活动，像拔河、摔跤，女的主要是荡秋千。

我当时嘛，知道他们爱吃狗肉，就想溜过去混顿狗肉吃，后来才知道，他们过节时不吃狗肉，吃那种松糕什么的。我觉得没意思，就想撤回去。

结果当时正在举办摔跤比赛，有个壮汉见我想溜，就嘲笑我，说我是胆小鬼。我当时就生气了，直接冲上去，几下子就给他撂倒了。

后来我才知道，这个人是当时的冠军，我撂倒了他，就成了冠军。既然成了冠军，我就不好走了，只好待在那里应应景，喝喝酒什么的。

姑娘们也有比赛，她们比荡秋千，咳！你奶奶啊，就是当时的荡秋千冠军，她当时踩在秋千上，荡过来，荡过来，就像天上的一朵云彩，看得我的眼都花了。

我就站在底下看着她，周围的人拼命给我敬酒，我就拼命喝酒，喝了一杯又一杯，最后醒来时，已经在你奶奶闺房里了。

我当时就知道，完犊子啦！因为我的师门啊，是一个非常神秘的门派，叫作金门。金门分为山上、山下，也就是内门和外门。山上的师门，也就是内门子弟，那是非常厉害的，他们在遥远的昆仑山，都是传说中的仙人一般的人物，一共只有十三个人。

我嘛，算是山下的外门子弟，虽然是外门子弟，其实也算挺厉害了，被称为金老七。

当时我就跟你奶奶说，不行啊，我师门在昆仑山，我得回去啊！你奶奶什么也不说，就是看着我，水汪汪的大眼睛，然后不停地哭。

哎，俗话说，英雄难过美人关啊，我就安慰她，那就先住几天再说吧……

结果住着住着，就有了你爸，更加走不了了。

后来，师门给我飞鸽传信过几次，我也把情况和师门说了。师父说，这也是我的红尘劫，既然遇上了，就且好好渡过去吧。

后来嘛，大家都知道，国家就乱了，各种运动，想走也走不了了，就这样浑浑噩噩过着，一直到你奶奶生病去世，我才幡然醒悟，一切空嘛，所以决定回去。

但是等我想回去了，找到以前师门的联络站，却发现联系不上师门了。好在我当年在师门好歹学了几手功夫，索性就这么在江湖上漂着吧，最后就成了现在这个鸟样子。

金老七最后对小姑娘说：“我嘛，上对不起师门，下对不起家人，天下虽大，真的是哪里也去不成啊！”

我才明白，这个看似糊涂的道人，竟然还有这么传奇的经历。不过他那个神秘的师门又是什么呢？是老毕说的那个金门吗？

我问了问他。他说，关于昆仑山上那个金门，他了解的不多，只知道都是仙人一般的人物。他了解的，是山下的金门，就是那个采金四脉的组织。

金老七说，这个采金门虽然人数不多，但是他们可能是全中国有史以来最厉害的门派。

他说，《上海滩》你们都看过吧？

上海滩最厉害的是哪个？是青帮！

民国时期，上海滩大流氓头子杜月笙、黄金荣都出自青帮，甚至蒋介石当年入主上海时，都得拜入青帮，好得到他们的支持。

那青帮上面是啥，就是天地会。

天地会在美国的分部老大是谁知道不？

就是孙中山，国父孙中山！

但是，大家可能不知道，所谓的青帮，其实是一个帮派衍变而来的，那就是漕帮。

在中国啊，凡是能流传上千年的帮派，都和漕帮有关，都和水有关，包括后面反清复明的各种会了，邪教白莲教什么的，多少都源自这里。

而漕帮，就是他们金门掌握的。

老满不相信，说你们就十几个人，怎么可能掌握漕帮？他就笑，说天下熙熙，皆为利来，帮派都是靠钱养着的，只要掌握了天下之利，什么帮派控制不了？

老满更加不信了，想着你都穷得要卖屁股了，还敢说你们门派富可敌国？结果他却告诉我们说，他们门派之所以敢说富可敌国，因为他们掌握着一项秘术，就是采金。

老满还是不信。我却点点头，信了，因为之前老毕跟我讲过。

金老七说的和老毕差不多，他也说金门（外金门）掌握了采金的四大秘术，分为“分水”“观山”“探渊”“凌云”四派，每一派都有一门独特的采金秘术：“分水”是采水里的河金，“观山”是采山上的山金，“探渊”是采山体裂缝里的石金，“凌云”是采天上的飞金（在山崖峭壁寻找鹰巢等，鹰有收集金沙的习惯，借此寻金）。

也因为这四大秘术，所以对于他们来说，这个金子嘛，是想要多少，就有多少。

当时我们都喝多了，也没在意，大家随便扯了些闲话，就回去睡觉了。

没想到，第二天早晨，这个邋遢道人就走了。

走之前，他留下了几句话。他说，他之所以住在这里，是因为这里是京城最富贵的地方，这个不起眼的胡同啊，以前是大清朝存放钱粮的地方。最神秘的就是这个仓库，它是存放一种比金子还要贵重的东西的，所以这里既是最富贵的地方，也是最危险的地方。这种地方啊，凡人住不得，几百年前就被老黄皮子给占啦！

他说的不错，我们仓库的那群黄皮子，老得毛都变成了白色，月圆时还会人立着拜月，已经成精了。仓库经常大晴天打雷，雷霆霹雳打在房梁上，嗡嗡往下掉灰，黄皮子吓得四处逃窜。

他说，这样极富贵又极危险的地方，有时候会出一些邪事，按说金门是要派人来镇守的，所以他在这里等了一年，就希望能重新联系上金门。但是过了那么久，都没有见到来人，他有些心慌了。

他觉得，师门肯定出了问题，他还是要去昆仑山看看。虽然他去了可能也没啥用，但不管怎么样，都要尽一份力。这次去昆仑山，他不会再下山了，要是还联系不上师门，他就死在大雪山上。

最后，他贴着老满耳朵，说了一句话，然后就告辞了。

他说完那句话后，老满直接怔住了，甚至都忘了起身去送他，看来应该是一句很重要的话。

但是那句话到底是什么，老满却怎么都不肯告诉我，非说法不传六耳，要在他咽气前，才能告诉我。

他走后，我和老满也聊起过，这个人到底是不是神棍。

老满说："老七应该还是有点儿法力的。"我问："如何见得？”老满说：“你看啊，咱们仓库那窝黄皮子，自从老七来了以后，就再没有出现过啊！”

我想了想，还真是。金老七走了没几天，那窝老黄皮子就出现了，大摇大摆的，根本不把我们放在眼里，让我一度很怀念他。

转眼间十几年过去了，去年去老满大哥那里，我们还聊过这个神秘的金老七，也不知道他有没有找到师门。

祝他能够如愿吧。

昆仑宝玉

这个故事，也是关于金门的，确切地说，是关于一块通灵宝玉的。

这也是在老满大哥那边听到的。

那时候，我还在老满大哥那边，当时有一个生意，就是给潘家园的古董店带人买货。

因为盗墓小说很火，大家都知道北京有一个潘家园，所以好多游客都喜欢去转转，扫扫货，看看能否捡个漏儿。

其实啊，这是不可能的。潘家园全名叫“潘家园旧货市场”，这里是卖“旧货”的，不是卖“古董”的。你即便买了所谓的“古董”，人家给你开的收条也是“旧货”“工艺品”。所以后面发现这个“古董”是假的，找人家退货，人家也不退，因为收条上写得明明白白的，这就是工艺品，为啥要退货?

所以要想买点儿真东西，那就要去专门的古董店了。店铺有真东西，只是不拿出来，需要熟人介绍才能买到。因为吧，古董店里的东西，好多是盗墓贼销赃的，有些是挖出来的，总之都不是那么干净。

我们当时就给这种古董店带客户，然后赚点儿提成啥的。

我们当时合作的铺子，老板姓吴，排行老大。但是山东这边的人吧，忌讳喊“大哥”，毕竟那里有个武大郎嘛，而且好巧不巧，他还姓“吴”，所以我们都叫他吴二哥。

这个故事，就是吴二哥给我讲的，也是他当年发家时的一段神秘经历。

我当时很喜欢看《鬼吹灯》，所以也问吴二哥，他这边经手的“明器”啊，是不是盗墓得来的。

吴二哥说，盗墓的少，主要是“溜槽”的。“溜槽”是古董界的专业术语，外人听不懂。他解释，咱们老北京这边多古墓，尤其是东郊，东郊风水好，那里很多清朝的墓穴。所以在北京东边施工，挖地基，经常会挖到古墓。

搞工程的发现古墓，是很不吉利的事情，一旦弄不好，就会撞邪，而且你如果上报给了国家，等专家研究之类的，工程都给耽误了，确实也耽误不起。

所以工程队遇到这种事情，多不上报，而是等着人收。

专门收这种东西的人，行话叫溜槽。溜槽也有帮，他们和各个工地的关系很好，只要哪个工地挖到了棺材板子，他们就下去背，什么破碎片、铜瓶子、瓷器，都要。

僵尸也要。那东西其实很值钱，老外喜欢收藏这个，他们觉得这是东方木乃伊。

不过僵尸很难保存，吴二哥说，有一次好不容易弄了一个，他让溜槽的人给捆住了，塞在一辆面包车里，结果那玩意儿一路往下流黄水，等到了地方啊，僵尸都成了一摊黄汤了。

说到这里，吴二哥皱着鼻子感慨：“那臭味啊，别提了，整毁了我一辆车嘿！”

吴二哥在潘家园几十年，见识过许多“神器”，自己也收藏了许多宝贝，像太湖收过来的一个桌面大的白鼋壳子，像陕西渭南收来的“龙鳞”，像神秘的“昆仑尸胎”，这些我在公众号“一只鱼的传说”上都讲过。

但是他最得意的，还是几枚古玉。他有一次喝多了，很得意，给我们拿出来看过。他很严肃，先焚香净手，才开了保险柜，拿出了几枚古玉。

这几枚古玉嘛，很小，也就珍珠那么大，晶莹剔透，属于极品的羊脂白玉。不过它们也太小了，就豌豆粒那么大，能做什么呢?

结果他让我们用手摸摸。我们一摸啊，当时就变了脸色，这几枚古玉，滚烫，竟然是热的！

吴二哥就乐了，说我们没有出现幻觉，这几枚古玉不仅是热的，而且甚至有可能是“活的”！

然后他就讲了这几枚古玉的由来。他说，这几枚古玉啊，不是他收来的，是他家里传下来的，是真正的传家宝，也是他祖上用命换来的，所以无论到了多艰难的时候，他都没有考虑过出手。

他说，咱们中国自古有玉文化，古人相信，真正的宝玉可以给人挡灾。所以不管金银、钻石，它都是有价的，只有玉是无价的，毕竟可以救命嘛！

古人说的玉嘛，主要还是和田玉，国玉和田嘛！和田玉市场其实很乱，什么韩料，都说是和田玉。而且你拿去鉴定，鉴定结果也是和田玉。因为鉴定这块儿，主要看成分，这些成分都差不多，但是价钱上，那可就差远了。

和田玉，分为山料和籽料。山料就是山里的玉矿开采出来的。籽料嘛，就是从山上冲到水里的玉石。籽料比山料贵很多，红皮白肉的籽料，甚至要比山料贵几百倍！

但是这种事情也不绝对，因为顶级山料嘛，有时候会出现神级美玉。

大家都看过《西游记》吧，孙猴子哪里来的？一块石头吸收了天地灵气，后来孕育出生命，这种就是神玉了。

传说中的神玉，就是有生命的。

吴二哥父亲当年，就遇到了一块神玉，一块通灵的神玉。他说，自己父亲年轻时，为了赚钱，去了昆仑山背玉。那是海拔五千米的阿勒玛斯玉矿，极度危险，也极度荒蛮，几百年来，交通工具都是靠毛驴。

毛驴只能爬到海拔四千多米，剩下的路，只能靠人爬，所以那边需要很多玩命背玉的人。

在当时，山下盘踞着各种土匪、盗贼，都等着抢劫背玉人。所以大家都想尽办法藏玉，比如吞下肚子里，塞在屁股里，甚至有狠人在大腿上割一个洞，把玉石塞进去，然后外面包扎好，带出去。

在那个时代，那个地方，人命不值钱，还不如一匹驴子，更别说一块价值连城的美玉了。

他父亲当时还年轻，就是那种胆子比天大、命比纸薄的年纪，所以天不怕、地不怕，就跟着别人去矿山背玉了。

结果去了才知道，那真是滴水成冰，而且氧气稀薄，走一步都艰难得要命，而且海拔高，煮面都煮不熟。

他们当时去了不少人，都熬不住，一个个跑了。他没跑，继续跟着走，没办法，他家里太穷了，他就想赌一把。

当年采玉，要先找玉矿，矿老板请了一个很厉害的老风水先生，大家都跟着他找玉矿。

这个风水先生是一个小老头，戴着墨镜，弄了一个抬椅，大家抬着他走。他也有罗盘，也要看风水，最后大致选定一个地方，就开始具体找。找什么呢？

找瓜。是的，玉矿的民间叫法就是瓜，瓜连着的一些藤藤蔓蔓，这些就是玉带。你先找到藤蔓，就是玉带，然后跟着走，就能找到玉矿，然后用炸药炸，把玉给炸出来。

这个风水先生是一个独眼，他剩下的一只眼也不好，而且身体很差，一身痨病，咳嗽的痰都是黑的。

在山上开矿很危险，你轰隆一下炸下去，搞不好就雪崩了，或者山体塌方了，随便出一点问题，人就死无葬身之地了。

他们开矿时，有时候发现大冰壳子底下，还埋着死人，看看衣服，有些还是民国时期打扮，甚至是清朝时期打扮，上百年尸体都不会腐烂。

这些还不是最危险的，有时候啊，昆仑山会出现更可怕的事情。

他们当时打了个炮眼，炸了一个很深的口子，口子往外呼呼冒血。当时有个人，好奇摸了摸，结果那血水就像硫酸一样，瞬间把他的手腐蚀掉了，露出了白骨，他疼得满地打滚。

风水先生就喊："快跑！快跑！"大家就一窝蜂跑啊，他父亲觉得不能丢下风水先生不管，就背着风水先生跑。风水先生就喊："憨娃嘞，快放我下来！"

他也不听，硬撑着背着风水先生跑。后来跑不了多远，他就觉得肺要炸开了，终于脚下一个踉跄，摔倒在地上。

那个风水先生就叹气，说："你这个憨娃，人倒是不坏哩！罢了，罢了，且送你一场富贵吧！"

风水先生就告诉他了一个秘密。风水先生说，他原本出自陕西那边的风水世家，他太爷爷当年是陕西最著名的风水师，连大军阀都要客客气气请他算一卦。

当年有个年轻人请他太爷爷出山，去昆仑山找一块玲珑宝玉。他太爷爷就觉得很奇怪，我都一把老骨头了，而且名利也不缺，为何要挣命去昆仑山啊！

但是那个年轻人来头很大，是传说中的昆仑山高人，出自鼎鼎大名的“金门”，排行第三，号称“金门第三子”。

这种人物，自然不会随便邀约，毕竟他们金门人才辈出，如果是寻常事情，根本不需要外人帮忙。

但是这种涉及生死之事，他还是要问个清楚。

结果那个年轻人就说了两个字——长生。年轻人说，那个地方涉及长生秘，而且他不要长生，他只要一个人。

老头子感到很奇怪，你去昆仑山找什么人，而且找人和找玉有什么关系？年轻人说：“找人就是找玉。”

老头子还是感到很奇怪，再问他，他就什么都不说了。老头子当年都八十多岁了，无欲无求，但是涉及长生，他还是愿意去赌一把的。说白了，他就是不去，也活不了多久了，万一成了呢？

但是去之前，他需要年轻人给他证明，凭什么说那里就可以长生呢？

年轻人就拿出一个东西，给了老头子。老头子用手摸了摸，点了点头，就收拾好东西，跟他走了。

年轻人给他的东西，是一块玉，一块极品的羊脂玉。但是那块玉，非常古怪。那块玉是暖的。这里指的暖，并不是木头、塑料那种暖，而是它自己会发热，就像活的一样。而且那块玉的形状很特殊，它是一个椭圆形的，浑然天成，像一粒珍珠。

那个年轻人说，这是他爱人留下的。

老爷子临走的时候，什么都没带，就带了一只信鸽。这个信鸽是传递消息的。老爷子约定，如果他死在了昆仑山，临死前会把信鸽放回来，大家看到信鸽，就当他死了吧。

老爷子走了六个月后，信鸽自己飞了回来，带回来了一封信，以及一块玉，也是一块泪珠状的暖玉。

他太爷爷留下的那封信，是一封血书，上面就画了一个坐标地址，什么都没写。

很明显，他太爷爷死在了那里，但是在生命最后一刻，他给后人留下了这个地址，应该就是那块昆仑神玉的地址，所以他们后人一直以来都在追查这个秘密。

他们家本身就是顶级风水师，风水师嘛，都是富可敌国的人家，所以他们很快聚集了很多人马，去昆仑山寻宝。

他们找到了那个地址，甚至发现了一个炸毁的矿洞，但是却没有发现他太爷爷的尸体，以及那个传说中的神玉。

后来，他们家族就在一代代寻宝中，慢慢衰落下去了。

到了他这一代，家族只剩下了最后一个男丁。他靠给煤老板看风水之类的，赚点儿小钱，到了晚年，身体衰败了，想着自己家里仿佛受到了诅咒，干脆就来昆仑山了此残生吧。

结果他在这里给矿老板找玉矿时，却发现了玉矿的秘密。

吴二哥的父亲就问他：“什么秘密？”风水师使劲咳嗽了一声，咳出了一口黑色的痰，挣扎着说了一句：“玉是活的！”吴二哥的父亲不明白了："什么意思？玉是活的？！这玉石还有死的活的？！"

风水师涨红了脸，说："憨娃！我是说，这底下有一块玉，它活了，修成人形了！那个眼泪一样的玉啊，就是那个玉人流的眼泪，所以才是暖的！"

吴二哥的父亲就彻底不信了，觉得这风水师真的是老了，都开始胡言乱语了。

风水师就急眼了，跟他说："你个憨货！你去看看，那个洞里的血水是什么？！"

吴二哥的父亲小心翼翼地丢过去一块小石子，小石子沾了一些血水，掉在了旁边。

他仔细看了看，才发现那并不是血水，而是特别微小的红蚂蚁一样的虫子。这些小虫子可以喷射高浓度的酸液，所以人摸上去后，皮肉很快就被腐蚀掉了。

风水师就说，这些都是守护玉人的，让他继续往里炸。吴二哥的父亲就硬着头皮，又往里丢了一个炸药包。

这一次炸开后，那个山洞更大了，像是一个隧道，弯弯曲曲的，盘旋着往里走。

风水师眼睛也亮了，说："背我过去！"

他好不容易等到红蚂蚁没有了，就背着风水师过去。他们到了山洞，发现里面异常光滑，一个不留神，两个人就摔倒了，像滑滑梯一般往下走，最后重重地摔在山洞里。

他赶紧扶起风水师，那风水师好容易缓过劲儿，掏出一个火斩子，吹着了，四面照照，发现整个山洞晶莹剔透，仿佛玉化了一样。

两人啧啧称奇，来回摸着玉壁，感慨着这个玉壁要是能搬出去，就发大财了。

风水师让他背着他，继续往前走。他们走到尽头，越往里走，山洞越大，玉质也越好，最后简直像是一个美玉城堡。

在山洞最中心的位置，就躺着一个巨大的玉石棺材。

风水师不停催他："快过去！快过去！"他过去看看，这个巨大的玉石棺材是空着的，但是里面滚落了不少珠子。

风水师捡了几个，说："果然是这里了！"风水师就叹气，说他们家族找了几代人，最后都绝后了，终于找到了这里，其实也没啥用了。

他就说，他今天也不走了，就死在这里吧！吴二哥的父亲是个直性子，死活坚持要带他走，说就算死，也要死在一起。

老风水师迟疑半天，又叹气，说："你这个憨娃哎，还真是个憨货哎！"他就从背后掏出来一把盒子枪，放在棺材上，说："你刚才要是走了，或者有丝毫的歹意，这颗花生米，就吃定了！"

吴二哥的父亲才惊出一身冷汗，原来这风水师一直在试探他。风水师就说："憨货，活该你跟我有缘分！我也没有儿子，你就给我磕个头吧，当我儿子！我送你一桩大富贵！"

吴二哥的父亲就跪下，梆梆梆磕了三个头。

风水师先解释了这个洞穴的秘密。他说，看来当年金门第三子找他爷爷，就是要找这里了。他当年留下的几枚暖玉，应该就出自这个玉棺。这个玉棺里的珠子，并不是什么通灵宝玉，而是通灵宝玉通灵了，幻化成了人形，这些珠子就是那个通灵宝玉流下的泪水。

吴二哥的父亲大吃一惊，赶紧问那个通灵宝玉去了哪里？还有那个年轻人呢？

风水师就笑，说金门都是神仙一般的高人，哪是我们凡人可以揣度的？不过他倒是可以从他祖上留下的只言片语，猜到几分。

他说，当年那个年轻人找到他祖上，说了一句话，说这几枚暖玉，是他爱人“留”下的。他们当时没有多想，现在想来，那个“留”字可能不对，是“流动”那个“流”。也就是说，这几枚暖玉，是他爱人“流”下的泪水。

吴二哥的父亲大吃一惊，说：“难道，难道他们——”

风水师也感慨，说虽然江湖人士不拘小节，但是这个年轻人行事，也当真是惊世骇俗了。

吴二哥的父亲就问他，那他们俩去了哪里呢？风水师就摇头，说那就不知道了。不过如果很顺利的话，他也不会请自己祖上出马了，而且这里流了那么多泪珠，想必他们当年一定很伤心吧。

吴二哥的父亲也很感慨。

风水师最后给了吴二哥的父亲一把骨制的哨子，告诉他，回头在外面吹响了，会飞过来一只金雕。这只金雕是他驯化的，脚掌有一个皮囊，可以把珠子放在皮囊里，到了安全的地方，吹响哨子，金雕会把玉石带给他。

然后风水师指点他，他下山的时候，要带几块上好的玉石，故意给土匪搜走，他们就不会害他的性命了。

老人让他出去后，用炸药把洞口炸毁，把他封在里面就好了，他就陪着昆仑宝玉永眠吧。

吴二哥的父亲含泪给老人磕了几个头，千辛万苦走了出去。

后来炸毁洞口时，他留了个心眼，靠外面炸，这样外面封死了，里面其实还没事。

再后来，他就回到了老家，这几块暖玉，他也没舍得卖，就留给了吴二哥。

我就问吴二哥，那个风水师呢？他说，后来他父亲也雇了专业的人去昆仑山寻找他。结果他们费了九牛二虎之力后，终于发现了那个玉穴。结果他父亲一个人偷偷下去后，发现棺材是空的。

我不理解了：“空的？”那个风水师去哪里了呢？

他就笑了笑，说了两个字：“长生。”

我猛然一惊，后来仔细想了想，还真是差不多。

我又问他：“那个玉穴呢？”

他就笑，说后来那边发生了大地震，山体滑坡，再也找不到了。

当然了，这句话，我是完全不信的。

湄公河大蛇王

这还是我在北京时发生的事情。

那时候，我刚大学退学，在北京潮白河畔租了一间月租金三十元钱的房子，也没什么营生，全靠朋友们介绍点儿活，相当于打点儿零工。

当时我有一个朋友，他是个超级学霸，年纪轻轻就去了某家大名鼎鼎的医药公司做研发。这家药厂是世界卫生组织钦点的艾滋病药物研制公司，地位很超然。

他在公司看到了一些美国的军方资料，发现当年美国打越南时，好多士兵得了怪病，送回美国后，医院束手无策，好多留在当地的士兵，却被当地的土方子治好了。

这个土方子很神秘，是用一种蛇毒作为主药，配以当地的草药。他觉得很神奇，就让我陪他去找当年配制药方的人，被称为“大蛇王”的老巫医。这个老巫医是华人，当时住在泰国北边。

我当时穷得要死，听到这种好差事，赶紧答应了，想着又有钱，又能出国旅游，简直美滋滋。

过去我才知道，泰北是一个特别荒蛮的地方。我有一次去当地的集市，发现就是几个黑黢黢的泰国人，坐在地上，身前放一个倒扣的木盆。木盆上摆着售卖的东西，有白花花的蟒蛇肉，还有一只个头不大的豹子。

我朋友成天和老巫医研究医药，我则无聊地在院子里逗蛇。

这个老巫医之所以被人称为“大蛇王”，是因为他有一手驯蛇的好手段，他甚至养了一条眼镜王蛇看家。眼镜王蛇是世界上体型最大的毒蛇，也是唯一一个可以杀死亚洲象的陆地生物。

可想而知，有这样一只恐怖生物看家护院，谁敢登门拜访啊?

但是那一天，却有人推开了门，还是一个年轻的姑娘。姑娘站在院子里，轻声说了来意，自己是从国内来的，是中科院的水下生物研究员，这次来湄公河畔调查水下生物，专门来拜访老蛇王。

老蛇王还没说话，那条王蛇则勃然大怒，嗖一下蹿了过去。王蛇被称为过山风，速度极快，瞬间就扑了过去，好在只是佯攻，迅速又退了回来，吞吐着血红色的信子，在她周围游走。

小姑娘却毫不在意，稳稳地站在那里，优雅而神秘，又轻声说了一遍来意。

我赶紧把大蛇拽了回来，问她：“就你一个人来吗？”她说：“还有一个。”

我问：“那一个呢？”她说：“被蛇咬死了。”

我：“啊？！”她笑了，吐了吐舌头：“我骗你的……”

我：“……”

这个姑娘来自中科院某个研究所，专门研究水下生物的，说白了，就是研究水怪的。中科院是一个比较特别的地方，卧虎藏龙，隐藏着许多高人，研究许多有趣的东西。

她是苏州人，外婆家是江南大族，爷爷是爬过雪山、走过草地的老革命家。她姓徐，名字叫“徐徐归”，化用了吴越王与夫人书“陌上花开，可缓缓归矣”那句话。

徐徐归这次是来请教老蛇王关于娜迦，也就是泰国龙的问题。娜迦是泰国传说中的蛇神，头似马鹿，身似大蛇，身上有巨爪，也是翻江倒海、施云降雨的主，和中国的龙很像。

对于徐姑娘千里迢迢从北京赶过来求教，老蛇王很感动，也很坦诚，说娜迦是传说中的东西，根本不存在，让她还是放弃研究吧。

徐姑娘又给他鞠了躬，感谢他的劝告，不过她坚信，娜迦就是中国的龙，一定是存在的，不管付出什么，她一定会找到它。

我赶紧劝她先别急，先住下，然后慢慢研究。这当然也有我的小心思，先留下她，然后徐徐归者，徐徐图之嘛。

她点点头，搬了一个小凳子，坐在树下，专注地研究各种关于娜迦的材料。

院子里有棵栀子树，淡白色的小花落在她身旁，周围弥漫着淡淡的花香以及青草和泥土的香气。

我坐在地上，一边撸蛇，一边想，这个姑娘认真的样子真好看，优雅、认真，有种书卷气的美。

偶尔，她也会和我聊聊天。

我问她："这个世界上究竟有没有水怪呢？"

她敲了敲我的脑袋，给我普及了关于水怪的常识。她说，所谓水怪，指的是体长在 18 到 20 米左右，生活在水下的未知生物。

在中国，关于水怪的传说很多，像新疆的喀纳斯湖、吉林的长白山天池、青海的青海湖，都传说有水怪，其实大部分都是大鱼。

她给我看了一些内部资料，大多是以前的老照片翻拍的黑白照片，还有一些剪报资料，有大卡车上装载的大鱼，也有倒挂在树上的巨鱼，末尾是一些巨大的鳞片、爪子、头骨等，还有一片巨大的河滩、麦田、干涸的河床，上面标注出了一些巨大怪物爬行过的痕迹。

她说，第一张是在黑龙江某农场门口拍摄的，一辆载重四吨的解放卡车上绑着这条鱼，鱼头绑在了驾驶室上，巨大的鱼尾伸出车厢挡板，还拖到地上。

第二张是在沈阳浑河旁，一个宣传干事拍摄的，人们在清理河道时挖出来一条巨型黑鱼。人们用一根大木头杆子穿过了鱼鳃，然后找了八个壮小伙，才勉强给它抬起来。

第三张是一个干涸的河道，里面有一个卡车那么大的深坑，她说这是传说中的巨龟留下的坑。

黄河两岸，不拜海龙王，只拜铁头龙王，这里的铁头龙王，其实就是这巨龟。它平时潜伏在黄河厚厚的淤泥里，等到黄河汛期，就顺着大水一路走，到了河堤处，它就伏在河堤下，死死扒着河泥，让大水从它身上漫过去。

等到黄河水退下去后，有些河堤下就赫然出现了一个巨坑，据说就是铁头龙王弄出来的。

我问她，那最后一张照片是什么，看着不像鱼啊？她犹豫了一下，才告诉我那可能是一条龙。

龙？！我吃惊了，这个世界上真的有龙？！

她点点头："有的，不过它和人们理解的不太一样，或者说，龙可能不是这个世界上的生物。"

我不明白了。她解释，这个说法比较费解，龙可能是更高维度空间的生物，所以不能按照我们的常识来分析它。

她说，你想啊，龙没有翅膀，体型还那么大，那么它怎么飞上天呢？

这种判断，就是基于我们的常识做出的判断。但是如果龙是更高维度的生物，就没有办法用这个理论了。

她用蚂蚁举了一个例子。她说，这个世界是不存在二维生物的，不过蚂蚁很像二维生物。因为蚂蚁一辈子都在爬行，它不能跳，也不能离开地面。不管爬墙还是上树，对它来说，都一样，世界是一个平面，像一个一望无际的大草原，就很像一个二维世界。

那用蚂蚁的二维世界理论，又怎么判断三维空间的人呢？比如说蚂蚁不能跳，那人类就不行吗？所以用这种方法来否定龙的存在，就不科学，就像蚂蚁看人类一样。

我点点头，又问她：“我听人说过，新中国成立前辽宁营口掉下过龙来，那龙也跟大蛇差不多，鳞片咔嚓咔嚓的，还能动。要是说这玩意儿更高级，一般人看不到，为啥它还能掉下来呢？还有那么多人都看见了呢？”

她说：“关于这个事情，我们同样可以用蚂蚁的例子来解释。你有没有想过，人类肯定比蚂蚁要高级得多。但是他要是死了，躺在地上，不能跳也不能跑，那也跟蚂蚁差不多了。”

她胡说八道的风格，很有我的风范，让我竟然找不到理由反驳她。她愿意信就信吧，谁让我喜欢她呢！

我本来以为，她在这里待一段时间就会回去了，没想到她却秘密筹划了一件大事。

每年泰历十一月十五日，是泰国一年一度的解夏节，泰国东北的湄公河水面，会有许多火球浮出水面，升到空中，被称为娜迦吐珠，非常神秘。

徐徐归告诉我，湄公河下藏着龙，这些火球就是龙吐出来的。要想见到龙，只有在这个时候才行。

反正不管怎么样，解夏节是泰国很重要的一个日子。在这一天，泰国会放假一天，僧人将佛像搬到外面，进行各种活动。夜间，人们举着蜡烛和鲜花，在寺院外、湄公河畔祈福，非常壮观。

当然，最壮观的一幕，还是晚上，湄公河会蹿出来一个个火球，像孔明灯一样，天空升满了火球，让整个庆典达到最高潮。

这是真的。

娜迦火球是全球十大未解之谜之一，好多科学家都进行了调查，但是没人能解释透，为何一年来只有在这天会喷出火球。

在那天晚上，我们和当地人一起，拿着鲜花和蜡烛，和人们一起守在湄公河旁，等着这神圣的一幕。

河边燃烧着巨大的蜡烛，可以燃烧三个月不灭，烛火熊熊，大家举着烛火和鲜花，欢歌笑语，整条湄公河都被花瓣布满了，这是一条充满了爱和祝贺的欢乐之河。

我站在河边看着徐徐归，火把照在她的脸上，红扑扑的，仿佛喝醉了酒。

那个晚上，徐徐归也非常兴奋，她在河边跑来跑去，和当地人一起唱歌，充满了年轻的活力。

后来，我们就坐在河边，静静等待着传说中的娜迦吐火球。

在河岸，她给我讲了一个故事，一个关于龙的神秘故事。

她说，当时还是民国时期，有个年轻人在北京和一个老师父学习变戏法。

这个变戏法，其实就是西方所谓的魔术。好多人以为魔术源自西方，其实不是，魔术在咱们中国自古就有，像鲁班那些机关术，好多其实就是魔术。

民国时期，老北京的天桥就有很多变魔术的人，像什么黄鸟叼签、蛤蟆唱歌、大变活蛇等，其实都是魔术。

后来年轻人的师父骗了一个大军阀，被赶出了北京城，他就自己在北京艰苦度日。

再后来，他在北京的街头小报看到了一个奇闻，说湄公河潜伏着龙，就是娜迦，每年都会从河底出来，吞吐火球。

今年啊，有个大法师做法，把这条龙请了过来，让它顺着湄公河一路游到咱们这边的澜沧江，在这里表演吞吐火球，也是祝福中华民国国泰民安。

他当时在北京过得颇烦，就去了云南那边，想看个热闹。

结果去了以后才知道，原来这是一个骗局，就是一个老江湖做的把戏，弄了一条假龙在水里，然后弄了几张照片发了新闻，想把大家骗过来，然后卖门票。

而这个老江湖，就是他那个被赶出北京城的师父。

于是师徒决定联手，好好搞一把大的，争取这一次脱贫致富。

然后两个人就雇了一些水性好的人，弄了一条假龙，时不时在水里游一圈，把记者哄得五迷三道的，也把澜沧江有真龙的事情宣传了出去。

后来就来了一个姑娘，这个姑娘就是当时他们骗的那个大军阀的女儿，她刚从英国留学回来，也了解一些魔术原理。她认定了两个人是骗子，想要当众揭穿他们，于是假装加入他们团队，搜集证据。

她在和年轻人一起共事的时候，发现了这个年轻人的善良和无奈，也发现了他们骗人也是被逼无奈，属于劫富济贫，卖门票的钱，好多都用来接济穷人了。

所以她决定帮助他们，把娜迦吐火球的事情做好。

结果这个事情越闹越大，终于引起了军阀的注意。军阀就想趁着这个机会敛财，决定搞一把大的，搞成全国大事件，于是找了几个道士，买了一些穷人家的儿女，说要给娜迦做人祭，祈祷国泰民安。

军阀的女儿找父亲理论，却说服不了父亲。

军阀派人接管了娜迦大典，人祭等按部就班地进行，一切仿佛都阻止不了了。

结果在娜迦庆典的那一天，军阀的女儿放走了那些儿女，自己钻进了笼子里，代替那些孩子进行了献祭，用自己的牺牲，唤回了军阀的良知。

说完后，徐徐归转头看着我说："当年那个魔术师，就是我太爷爷。我太爷爷说，那个姑娘太傻了，为了证明世间有佛，不惜自身化作恶鬼。你说，她是不是很傻？"

然后，徐徐归突然悲伤了，她紧紧抱住我，说："这是我这辈子最开心的一天。"我有些不知所措，只是说："以后每一天，你都会这么开心。"

她摇摇头，眼神有些暗淡了，慢慢地说："不会了。"然后，她又低声说了句："谢谢你。"

我当时还沉浸在巨大的幸福中，还不明白她的意思，以为她只是自言自语。

已经深夜了。欢腾的人们都发泄得差不多了，大家逐渐安静下来，开始走向湄公河，静静等待神圣降临。

突然，湄公河仿佛开锅了一般，开始咕嘟咕嘟冒气泡，接着半段河面都变红了，一个接一个的火球开始从河底蹿出来。无数个红彤彤的火球猛然蹿了上来，升腾到半空中，绚烂绽放，黑色的天幕上猛然盛开了无数朵焰火，真是美丽极了，也神秘极了。

徐徐归看着这神圣的一幕，和远处呼喊的人们，摇了摇头，猛然在我脸上亲了一下，说了句："忘了我，好好生活。"

接着，她从包里掏出来了一块骨头，朝着湄公河跑了过去。

我一下惊呆了，她要干什么?

她很快冲过了人群，开始朝着河滩跑了过去。

我脑子里电火似的一闪，猛然明白了她的想法。她手里拿的是一块虎骨，自古龙虎不相容，这河底的龙要是闻到虎骨的味道，就会蹿上来吞食虎骨。

这傻姑娘，为了证明世间真的有龙，不惜以身饲龙！

我拼命呼喊着，疯狂往河岸奔跑，想把她给拽回来，但是河岸上拥满了成千上万的人，根本挤不动。

正在拼命挣扎，就听见河岸旁传来一声惊呼，河水里猛然爆发了一声巨响，漫天的河水横冲过来，把人们冲得稀里哗啦的，我也被水流狠狠撞倒在了地上，脑袋磕到了河边的大树旁。

在昏倒的最后一瞬间，我看见漫天水花中腾起了一个巨大的身影……

后来呢？后来她就失踪了。

我们和大蛇王，以及她家人在湄公河搜寻了好久，还是没有找到她。

这已经是十几年前的事情了。

又到九月了，老蛇王院子里的栀子树又开花了吧？那细碎的小白花，徐徐落在地上，空气中弥漫着淡淡的香气和泥土的潮湿味道。

徐徐归，你又在哪里呢？

陌上花开，可徐徐归矣。

苗疆血凤凰

这也是在北京时经历的故事。

那时候，我跟风胡乱写了两本盗墓小说，也出版了，虽然总共也没卖掉几本，但是好歹也算是个作家了，就靠这个找了个工作，去了一家文化公司做编辑。

这怎么说呢？用老满的话说，虽然是北京最小的白领，好歹也离开了咱们蓝领阶层，所以力劝我过去上班。

那家公司在广安门旁边，我住在大兴观音寺那边，每天坐一辆很破的公交车哐当哐当过去，路上来回要走三个小时。

当年的北京，还是很淳朴包容的，你坐在公交车上，经常看到拉满西瓜的马车在公路上狂奔，和公交车并驾齐驱，而且毫不畏惧。

那时候的北京，真是一座伟大的城市。

我当时还年轻，日子也悠闲，周末常和一群跟我一样穷且益坚的小伙伴们玩户外。玩户外的多是年轻人，白领、大学生居多，也有低调的富豪、艺术家、神棍，反正三教九流，啥人都有。大家一起露营探险、烧烤吹牛，快活得像一堆跌进松树芯里的毛毛虫。

当然了，最刺激的还是“混帐”。

玩户外的肯定知道“混帐”。好多年轻姑娘独自参加户外活动时，不敢一个人住，就和别人混合住一个大帐篷。

所以，玩户外的男青年，砸锅卖铁都要搞一个大大的帐篷，就是为了这个。

当然了，想“混帐”的前提是，姑娘不敢一个人住，其次，还得有那么一丁点儿的氛围，也就是情调。

情调好说。晚上，在苍茫的荒野里点燃篝火，火光熊熊，天空是一片墨绿色，远处偶尔传来几声野兽低低的叫声，烤得吱吱冒油的羊腿，泛着白沫的啤酒，混合着泥土和青草的气息，姑娘们红扑扑的小脸，大家吵吵嚷嚷，气氛就有了。

那么，如何让姑娘不敢一个人住呢？

那就靠我了。不吹不黑，我当年绝对是户外圈的明星人物，因为我特别擅长讲恐怖故事，起承转合，铺陈过渡，每每吓得姑娘们花容失色，打死都不敢自己单独住，最后倒是撮合了不少小情侣。

所以，每次兄弟们有了久攻不下，就差临门一脚的妹子，都要拼命邀请我，希望我能帮他们解决一下。

哎，年轻真好啊，好怀念这种无拘无束的生活！

这个故事，就发生在一次铁驼山露营时。

铁驼山号称“北京百慕大”，很神秘，山上有许多神秘的竖井和一些怪异的山洞，好多洞里堆放着诡异的东西，有黄纸、符纸、朽烂的骨头、锈迹斑斑的刀子。

经常有人在山上失踪，而且活不见人死不见尸。有人说，这些人是被野兽叼走了，也有人说，这些人撞见了毒贩子交易，被灭口了，反正说不清楚。

有一年北京有个老师在这里失踪了，后来发动了万人搜山，我们都参加了。结果一个朋友老黑，跳进一个竖井里，发现山洞里有好多人头骨，堆成了诡异的金字塔形，也不知道是干啥的。也因为这件事情，他开始钻研洞穴探险，后来成了这块儿的专家。前几年泰国那个少年足球队被山洪困在山洞里，中国民间派出了洞穴专家参与营救，其中就有他。

那个晚上，大家点起篝火，我便依着这地形山势，先讲了几个村民智斗日本兵的故事，接着就是山精鬼怪的故事，听得妹子们面如土色，纷纷往身边的汉子身上靠，引得他们悄悄给我翘大拇指。

事毕，我功成身退，心满意足地站起身，随意顺着小路走了一会儿。

小路弯弯曲曲，在山谷里盘绕，前方横着一条白亮亮的小溪，在山涧肆意流淌，溪水匆匆，旁边有一堆伐倒的木材。月光下，一切都显得格外温暖。

转过一个弯，就看见前面有一个姑娘，斜倚在木堆上，静静地抽着烟，慵懒又神秘。她低着头，长发随便绾起，露出一寸脖颈，一抹惊心动魄的白。月光流水一般在她身上流淌，美好得像一幅油画。

我突然有些心动了。

我轻咳了一声：“哦，今晚的月色很不错哦！姑娘也是一个人吗？”

她没有说话，身子动都没有动一下。

我说：“姑娘，你抬头看看，我们头顶的星空是如此深邃而神秘，我们此刻在这个荒原上，你不觉得很孤独吗？”

她还是没有说话。

我：“……”

我只好使出了撒手锏。我说：“你猜，我们在仰望星空的时候，星空上会不会有更高级的生命在俯视我们呢？”

“你，是在跟我说话吗？”她终于回过头来，冷冷地看着我。

我看到了她的面庞。那是一张异常夺目的面孔，白皙的皮肤，高傲的前额，挺直的鼻梁，长发盘在脑后，戴着一个造型怪异的藏饰，上面镶嵌着一个绿色的宝石，看起来神秘又尊贵。

她径直走到我面前，一点点靠近我，贴着脸问我：“你，到底想说什么？”我突然有些紧张了，结结巴巴地说：“我……那个，我其实只是路过……哦，对，我想借支烟！”

她点点头，摸出了烟盒递给我，但是烟盒已经瘪了。

我对她耸了耸肩，终于扳回一局。

她有些懊恼地摇晃了一下脑袋，突然得意地笑了。

她狠狠吸了一口烟，然后把剩下的半支塞到了我嘴里，用一种得意的口气说：“现在，你可以走了。”

一时间，我有些蒙了，傻愣在那里，好久才意识过来，匆忙往篝火处走回去。

走了很远以后，我往回看去，发现那姑娘赤着脚，顺着溪水往前走。

我第一次遇到这样美丽凌厉的姑娘，她深深吸引了我。我赶紧给老黑打电话，问他那姑娘的情况。

没想到，老黑跟我保证，这次绝对没有这么一个姑娘，他甚至拿出名单挨个确认，确实没有。

我大吃一惊。我们来之前特别确认过，这附近只有我们一支队伍，难道那个姑娘原本就在这里？！

可是，这里是铁坨山最深处，荒无人烟，我们也是花费了大半天时间才来到这里，那个姑娘孤身一人，是如何来的?

我赶紧过去找她。

安静的月光下白亮亮的，小溪哗哗流淌，一堆被伐倒的大树摞在溪边，周围一片荒凉。远处，一只狐狸在月光下奔跑着。

哪里还有那个姑娘?

这时，黑暗中突然传来一声低沉的闷哼声，接着是一阵“咔嚓咔嚓”的声音，声音很古怪，像什么大型动物毫不顾忌地咀嚼着什么。

抬头看去，明亮的月光下，白亮亮的溪水旁，卧着一只足足有小山包那么大的巨兽，它抬起黑黝黝的头颅，有意无意地盯着我，毫无顾忌地咀嚼着一个——牛头骨。

我忍不住低吼了一声，连连后退了几步，摔倒在地上。

那是一只巨大的狗。如果这个世界上真的有那么大的狗的话。

它足足有半间房子那么大，四肢像熊一般粗壮，看着我惊慌失措的样子，它满不在乎地摇晃着脑袋，随便撞倒了几根拦在身前的大木头，缓缓地站了起来。

就在它站起来的一瞬间，我才发现，它身后还有一个人，像是坐在溪水边洗脚，身形纤细、姿态优雅，分明就是刚才那个姑娘。

她站了起来，伸了个懒腰，然后骑上那头巨兽，巨兽带着她，穿过小溪，顺着山坡奔跑，很快消失在了黑暗中。

我失神地跑过去，踏在溪水中，大声喊着，惊慌的队员们纷纷跑了出来，我们找了整整一夜，甚至报了警，却始终没有看到那个姑娘。

那只巨犬也消失了。

后来，我多次参加铁坨山的野营活动，却再也没有见过那个姑娘。

她给我留下的半支烟，被我珍藏起来。

多年以后，一个精通烟草的朋友看到那半支烟，大为惊奇，说这支烟是纯手工制作的，烟丝也很特别，味道浓郁而古怪，他从所未见，问我在哪里买到的。我就给他讲了这个故事。

他听完后，拍拍我的肩膀，告诉我，他相信我说的，因为在他们家族，也流传着一个类似的故事。

他讲的这个故事，发生在苗疆。

我们现在说苗疆，多指湘西这边，其实在古时候，苗疆是一个泛地名，像云南、四川、广西、贵州、湖南、重庆等，有苗族人居住的地方，都叫苗疆。

苗疆那里，盛行巫文化，秦朝时，在三峡设立“巫郡”，唐代湘西叫“巫州”，巴山楚水，自古被称为巫山巫水，巫文化流传甚广。

巫楚文化崇拜女娲，所以女性地位比较特殊，加上当地盛行女性掌管的“蛊术”，所以经常会出现一些类似“圣女”这种传奇人物。

他讲的这个故事，就是关于一个苗疆圣女的，外号叫作“血凤凰”。

那时候，战局不稳，日本侵略军进入湖南，烧杀抢掠。血凤凰带着一群精通蛊术的姑娘，整编了湘西十万大山的土匪流寇，组建了赫赫有名的苗疆军团，在群山大水间阻击日军。

她长长的头发盘在头上，盘得很高，满头银饰，光彩夺目，赤脚骑在一头巨大的藏獒身上，加上她一身诡异莫测的蛊术，麾下几百个身怀蛊术的娘子军，很快就成为苗疆最有名气的圣女。

湘西自古民风彪悍，但是血凤凰之所以能收服湘西群匪，并不是靠武力，而是靠她绝对的气质和容貌。

当年好多大盗下山，都是因为爱慕圣女。所以她实际上成了当地的一个女神，一个图腾般的存在。

当时好多人都暗恋她，比较出名的，是个老外。

是的，他叫迈克，是一个美国人。

美国人来苗疆干什么?

他来帮助咱们中国打日本。湘西这边有一个机场，叫作芷江机场。这个机场，驻扎着一支精兵，就是陈纳德将军率领的美国飞虎队。

是的，当时南京失守，重庆成为陪都，芷江机场就成了盟军最重要的空军基地，是保障援华物资的，所以飞虎队就在这里和日军进行战斗。

当时国民政府联系苗女，希望她们可以去保卫机场。苗女当时就拒绝了。她表示，他们力量有限，只能保卫家乡。

国民党很头疼，但是也没办法。于是国民党就希望，如果飞行员掉在了十万大山，希望苗女可以救他们。

这个迈克，就是在一次和日军战斗时，跳伞的美国飞行员。他当时挂在了临江悬崖的一棵老树上，下面是奔腾的江水，上面是虎视眈眈的野兽，旁边是悬崖峭壁，真正是上天无门、下地无路。

就在他绝望之时，看见一头小山包那么大的巨犬，咆哮着冲了过来，它背上坐着一个姑娘，冷艳高傲，让他想起了童话里的魔女。

迈克很快被送回去了，不过他已经无可救药地爱上了圣女。他找了无数的机会，用协防作战的名义，用运送物资的名义，用慰问的名义，用文化交流的名义，用中美友谊万岁的名义，用自己假装中了蛊毒的名义，千方百计过来，只希望能远远地看她一眼。

但是火凤凰确实对他不感兴趣。

她喜欢的，是一个书生。那是一个被土匪打劫过来的书生，人长得干干净净，穿得也干干净净，手里拿着一卷书，不闪不避，说着一些之乎者也的大道理，看着有些迂腐，也有些可爱。

当时他路过这里，土匪把他架住，推了过来，问要不要杀了他？

她看看那个书生，书生也看着她，眼神一派平和。她心里蓦然一动，挥挥手，说要尊重读书人，让他以后在寨子里做个师爷吧。

说是做师爷，其实这个书生嘛，就会讲一些大道理，让大家以诚相待，勿动干戈，屁用都没有，所以大家就让他教孩子读书去了。

他自己默写了教材，一笔一笔抄好了，教小娃娃们念书，寨子里倒是有了一些书卷气。

她想：读书人果然还是不一样的。

有一次，她看见读书人坐在山崖上钓鱼，她就偷偷用了蛊术，引了一条小蛇去咬钩，想吓唬吓唬他。

结果读书人钓到蛇后，吓得丢掉鱼竿，脚下一滑，就要跌落山崖。她赶上去拉他，被他拉到水下，被水冲走了，好在她水性不错，被江水冲到下游后，找到一个树根拽住，拖着书生上了岸。

天色已晚，她就在江边升了一堆火，慢慢烤干衣服，等着族人找他们。

她信手卷起一片苇叶，吹起歌儿。随着歌声，那树林里的鸟儿飞了出来，围绕着她，翩翩起舞，仿佛百鸟朝凤一般。

旁边有人感慨："好一首百鸟朝凤。"

她回头看看，是那个书生，她瞪了他一眼，没有说话。

书生赶紧跟她赔礼道歉，说小生实在唐突，连累了圣女。

她看着他窘迫的样子，不觉一笑，原谅了他。

他也削了一截竹子，做了一个翠绿色的竹笛，吹奏了一首极忧郁的歌儿，说是他家乡的歌谣。

她坐在一旁，听他慢慢吹着，觉得这笛音优美极了，也动人极了。她几乎要落下眼泪。

读书人放下笛子，轻声问她："卿本佳人，奈何为贼？"

她就使劲揉揉眼，说你这个书呆子，懂得什么？要是能活命，谁愿意当土匪？这国家完了！

她用了一个文绉绉的词："官逼民反，民不得不反。"

书生就叹息，说："这世道越来越乱了，有谁能守得住本心呢？"她就说："不怕的。我们苗疆圣地，有一株参天大树，遮天蔽日，被称为建木。据说上面住着火凤凰。如果有一天，寨子守不住了，那点燃建木，就会有凤凰出现，它会放出天火，烧光一切魑魅魍魉。”

书生就感慨：“凤凰涅槃，浴火重生，那一幕，肯定很美。”

她就笑，笑得魅惑众生，那书生看得痴了。

远处，繁星点点，月光如水。

松涛阵阵，江水奔腾，篝火熊熊。

第二天，族人找到她，向她汇报了十万火急的消息，说迈克连夜来报，日军会在三日后全力进攻湘西，他们要死守芷江机场，没办法过来支持他们，让他们千万小心。

圣女大手一挥，果断地说，退回祖地，开启所有机关，和苗寨共存亡。旁边的书生想说什么，犹豫了一下，还是什么都没有说。

圣女等众人走了，才跟书生说，让他赶紧走吧，要不然就走不了了。

书生摇摇头，说天下兴亡，匹夫有责，他虽然没什么用处，不过也可以捐出一腔热血。圣女点点头，也让他参与了机关设置。

三日后，圣女带着众人准备迎战日军，却发现中了埋伏。她赶回寨子后，发现寨子里生灵涂炭，族人被杀得鲜血直流。

只有那个书生站在那里，背后站着几个土匪，土匪一脸羞愧地看着她。

他们身后，站着密密麻麻的日本士兵。

圣女一瞬间明白了，原来这个书生是奸细，他策反了几个土匪，引来了日本人，攻入了苗寨。

原来，一直以来，他都是在骗她。

她拔出苗刀，朝他冲了过去。

书生站在那里，袖子一抖，便落下一把剑。他轻轻一剑，便挑飞了圣女的苗刀。

他说："我本是日本武士，受命攻下苗寨。军令不可违。不过我对你一行真心。你跟我去扶桑，我们解甲归田。"

圣女再冲过来，他轻轻挡住了她。他说："中国注定要亡了。你也说过，官逼民反，民不得不反。你本身就是反贼，何不和我一起远走高飞？"

圣女大笑："你不懂我们苗人。"她反手拿刀，狠狠朝着自己胸口刺去。

那书生飞身过来，一把抓住刀刃，血流如注。

她一字一顿地说："我们苗人，可以自相残杀，但是绝不会投敌卖国！"

突然，远处传来一阵轰鸣声。大家抬头，就看见迈克浑身是血，驾着一架冒烟的飞机，摇摇欲坠，朝着这里飞了过来。

圣女轻声喊了一声："阿紫！"那原本被牢牢按住的巨犬，猛然挣脱了手腕粗的铁链，挣得浑身是血，朝着圣女冲了过来。

圣女就笑着摸着它的毛，说："送我一程！"她整了整头发，骑上巨犬。巨犬悲鸣一声，顺着悬崖狂奔过去。

那一瞬间，大家就看见，巨犬和飞机同时朝着悬崖冲了过去。

巨犬狂奔到悬崖处，高高跳起——那飞机也歪歪斜斜地冲了过来——圣女稳稳地站在巨犬身上，奋力一跳，跳到了飞机上。

迈克满脸是血，大叫着：“OH，MY GOD！”他拽着巨犬，打开降落伞，迅速降落。

圣女独自站在飞机上，吟唱起古老的歌谣，飞机狠狠撞上了苍天巨树建木。

书生负手而立，眯着眼看着这一幕，猛然想起了那晚圣女给他讲过的那个传说，关于火凤凰的传说。

他猛然喊着：“快跑！快跑！”

已经来不及了。

在那一瞬间，苗寨机关全部被开启，一桶桶的桐油自建木的树干里流泻下来，汇聚在一起，覆盖了苗寨所有地方。

圣女站在树上，举着一根火把，轻轻吟唱着一支歌谣。

还是百鸟朝凤。

那一瞬间，整个十万大山里的飞鸟全部飞起，围绕着她，疯狂地鸣叫着。整个苗寨的男人全都疯狂了，号叫着，徒手和日本兵战斗在了一起。

她轻轻将火把抛到树上，巨大的建木燃烧起来，远远看去，仿佛群山之巅熊熊燃烧的火把。

火焰从建木流泻到地上，整个苗寨变成了一片火海，不断有飞鸟从天上掉下来，火焰中传来痛苦的号叫声。圣女静静地站在树上，再一次吹奏起笛子，仿佛一只浴火重生的火凤凰……

从此，苗疆再无圣女。

昆仑第九山，多了一只血凤凰。

这个故事讲完了。我忍不住问他：“这个故事是真是假？”

他也叹气，说他祖上是苗疆的一个大盗，这个故事就是他当年讲的，也不知道真假。只知道这个姑娘后来去了昆仑山，加入了一个叫作金门的隐世门派，成了金门第七子。

但是具体怎么样，他就不知道了。

走蛟少年

这个故事讲的是走蛟。

所谓的蛟，就是大蛇。民间认为，大蛇长到一定程度以后，额间会有一个红色的鼓包，随着身体越来越大，这个红点会越来越大，也越来越亮，尤其是阴天下雨的时候，像是前面吊着一盏红灯笼。

这就是蛇要化蛟了。

等大蛇化蛟后，鼓包就会蜕变成一只晶莹剔透的独角，它就是蛟龙了。

听到这个故事时，我已经从北京去了深圳。那时我在文化公司做得还不错，自己也喜欢写东西，多多少少也出了几本破书。正好腾讯游戏刚引进了一款世界级网游，想找一个精通文学的高手，一个朋友就推荐了我。

我当时第一次去深圳，那时候还是大冬天，北京城滴水成冰，深圳温暖如春。我和当时的总监党勇先生胡吹了一通，他觉得我虽然一窍不通，但是这份热情还是很好的，所以把我特招了进去。

当时进腾讯很难。因为我大学没毕业，需要总裁特批，所以他还专门找了总裁，给我要了一个特批手令。在这里也特别感谢一下党勇先生。

刚去那边的时候，完全不适应，北京很干燥，深圳则潮湿、闷热，就像蒸桑拿，每天都水淋淋的，像刚从河里捞出来。

而且游戏行业压力很大，每天都加班到很晚，好在深圳那边夜生活比较丰富，我们晚上经常去路边摊喝点儿小酒，吃点儿烧烤，也挺好。

每年五六月，我都要去南澳钓吹筒仔。吹筒仔就是鱿鱼仔，这是广东人的叫法，他们把鱿鱼叫吹筒，小鱿鱼就是吹筒仔了。

每年立夏到芒种后，在一些浅水湾流处，就会有大量的吹筒仔出没。那时候，喜欢钓鱼的人，都会租一艘渔船，叫上几个朋友，去南澳湾流处垂钓。

钓吹筒仔很简单，用船上的强光灯往水面一照，它们就成群结队地过来了。你只要把鱼钩往水里一抛，连鱼饵都不用，再往上一提，鱼钩上就挂上了一条。

不过，拉吹筒仔的时候要小心，这玩意儿会喷墨，一不小心就喷你一身，油渍斑斑，像套上了蒙古长袍。

钓到后半夜，船家将吹筒仔洗剖干净了，清蒸、烧烤两相宜，再喝点儿白酒，酒足饭饱后，吹着烈烈的海风，在船舱上抽抽烟，海聊一番，确实是一种难得的放松。

喜欢钓吹筒仔的，大多是热爱自由、热爱冒险，而且有些生活阅历的人，所以在钓鱼时，我也结识了许多有趣的朋友，听到了许多稀奇古怪的故事。

这个关于走蛟的故事，就是这样一个朋友给我讲的。

那个晚上，天气不太好，先是下了雨，又刮起了大风，很少有人出海。我们两个钓了会儿吹筒仔，也没有什么鱼，索性让船家停靠在礁石旁，在那抽烟聊天，就聊到了走蛟的话题。

他说，他是江苏淮安人，家住洪泽湖边上。那里经常发洪水，每次发洪水，大家就往树上爬，往大堤上跑。

有一年，洪水来得特别急，大坝决堤，直接把房子冲塌了。

当时，有一个八岁大的孩子还在床上睡觉，猛然就被抛到了水里。孩子在水里拼命挣扎，眼看着就要淹死了，这时候身后缓缓漂过来了一截木头，他赶紧扒着木头，骑了上去。

说来也怪，那时洪水暴发，水里什么东西都有，一团团的花蛇，各种动物的尸体，水下不知道什么东西乱窜，翻起了巨大的水浪。

但不管是什么东西，都远远地避开他，仿佛他那里藏着什么巨怪。小孩子灌了几口水，头晕眼花的，也没多想，就是死死抱着大木头，跟着大水缓缓往前漂。

后来，漂到了一个山坡处，身下那截大木头猛然一弹，把他弹到了山坡上。

小孩子吓了一跳，往后看去，那木头前后挂着两盏通红的灯笼，忽明忽暗的，那根本不是什么木头，那分明是一个水怪！

这种故事，其实也挺普通的，我刚想干巴巴笑几声，配合一下，那人却淡淡地说了一声：“当年那个八岁的孩子，就是我。”

他说，也不知道是不是沾了这个水怪的福气，他后来作为全省前十名考入了清华大学，毕业后分配到了国资委。后来第一批出来下海，赚到了第一桶金，又在公私合营时发了大财，赚了好多钱。

那时候，他有钱又有时间，闲着没事，就开始研究水怪。他先是聘请了好多这方面的专家，又花钱从各个渠道买资料，很快就获得了大量的一手资料。

他在三门峡采访过一个老人，老人当年亲历过蒋介石炸花园口大坝，当时冲出来几条巨蛟，脑门上就像挂了一盏红色的灯笼，尤其是夜里，看起来更加明显。

这个老人的说法，和他当年经历的一模一样！他还去湖北、四川等地实地考察过，许多洪水多发的山区，一些老式石桥下，都倒插着一把剑，剑约盈尺，剑尖朝下，朝着水面怒张着。

当地人说，这把剑是屠杀作恶的蛟龙的。

因为这大蛇化蛟，需要在大江大水里游走，最后在水天交接的地方，蜕去最后一层皮，化成巨蛟。这大蛇顺着大水游走，有时候会撞断河堤、撞塌房屋、毁坏农田，所以遇到这种恶蛟，这斩龙剑就会自己掉下来，斩杀掉恶蛟。

走蛟这种事情，在四川、重庆一带流传很广，不过最多的，还是湖北荆州。

他专门去荆州住过一段时间，搜集关于走蛟的事情。关于诸多走蛟的事情，最传奇的还是一个走蛟少年的故事。

他说，这个故事是荆州当地一个老大爷讲的。老大爷说，他们荆州这里挨着长江，常年水患，关于走蛟的事情也非常寻常。

在他们看来，走蛟就是一种寻常事情。大蛇在深山里修行，等它越长越大，山里的食物不够了，自然就会去长江，并没有外地传得那么邪。

他说，所谓的走蛟，也不是任它胡作非为，也有高人在管它们，他小时候就亲历过高人引蛟的事情。

老人说，那时他年纪还小，也就七八岁的样子，湖北这边出现了大洪水。

那次的洪水也真是大啊，在大灾之前，就有不少预兆，山里的动物，像松鼠、蛤蟆、蛇，成群结队地往山上跑，好多老鼠疯了一样冲上街头，连人都不避。

鸟儿都成群结队地往外飞，他们家里的燕子，在院子里飞了一圈又一圈，朝着他们拼命叫嚷，最后恋恋不舍地飞走了。

他后来才知道，这是燕子预感到了这次大灾难，给他们预警呢。

有老人说，晚上看见死去的人到处走动，手里拎着一个铜锣拼命敲打，像是要让人赶紧跑、赶紧跑！

还有人说，深夜老听见若有若无的笛声，像是什么人在呼唤他们。

也有人说，发大水之前，蛤蟆会上树，你看看它趴在树上什么位置，就知道大水会淹到多高。

他当时还专门爬到树上看了，结果找了半天，都没找到蛤蟆，最后一抬头，发现蛤蟆趴在了树梢上。

还有人说，这次大洪水可能有些不妙，因为好多蛟洞都打开了。

他们说，有人看到大山深处的蛟洞开了，山上自上到下裂开了一道几十米长、十几米宽的大裂缝。裂缝上窄下宽，大约有几十米深，最底下密密麻麻堆放着一些木头，看起来就像是一个怪物的巢穴。

那巢穴里堆满了木头，足足有几十层，层层叠叠，打造成了一个光滑的圆形通道。有胆子大的人，在身上绑着绳子，顺着通道滑了下去，发现通道处的木头和岩石都非常光滑，上面还有一层滑溜溜黏糊糊的涎水，腥臭无比，巢穴右侧还有一个略小一些的洞穴。

据说这就是蛟洞。

这些大蛟出洞，说明大洪水要来了，它们要趁着大洪水走蛟了。

后来山洪突然就来了。

这次的山洪异常猛烈，摧枯拉朽一般，大家都拼命往山上跑，来不及的就往树上爬，再来不及的，就随便抱着一个门板、一个澡盆，拼命往前游。

他当时运气还不错，跟在父母身后，拼命往山上跑，好不容易才跑了上去。回头看看，原本的小村庄不见了，到处都是浩浩荡荡的大水，只有某些地方露出一些灰黑色的东西，仔细看看，原来是屋脊！

水上漂着各种动物的尸体，鸡啊、羊啊，这些不用说了，还有好多鸭子、鹅，连它们都被淹死了！

大家就庆幸，好在第一时间就往山上跑了，虽然家没了，好在人还在，其他的都可以慢慢置办。天灾嘛，谁也没有办法，熬过去就好了。按照他们的经验，这种大洪水来得快，走得也快，只要洪峰过去，他们就没事了。

但是这一次，洪峰却是异常凶猛，简直就是来了一个，又是一个，而且一波比一波猛，根本没办法。而且大水越来越大，把小山头都给围住了，像是一个孤岛。

山上好多动物也被淹蒙了，呆呆地趴在地上等死，很容易抓，大家抓了动物充饥，倒是还能坚持。

接着，他们就看到了传说中的走蛟。

他说，最开始的时候，他们就听见远处的大水轰一声响，像是什么东西炸开了，又像是什么东西狠狠砸进了水里，有点儿石猴出世，天崩地裂的感觉。

紧接着，水下掀起了巨浪，一道巨大的水浪掀开大水，像是一列火车分开大水咆哮过来，溅起了巨大的浪花。

这时就有人喊："走蛟！走蛟！都趴下！快趴下！"

他偷偷看看，只看见水下像是有一个巨大的动物横冲直撞，将路过的房屋、树木拦腰撞断，虽然水浪滔天，他也能清晰地看到，它的两只眼睛是通红的，像两盏大红灯笼！

他还想看，却被父亲死死按住。

接着，周围的小山上纷纷传来了炸裂声，又是轰隆隆的入水声，水下顿时波浪滔天，水花铺天盖地打来，把他们身上全打湿了。

他就听见有老人念叨，说一条、二条、四条、八条……四十九条，怎么有那么多蛟龙出世，这天啊，要变了！

他才明白，原来这大别山深处，竟然出现了几十条蛟龙同时出世的现象，看来这是要出大事了。

因为按照当地人的传说，发洪水最怕走蛟。因为蛟龙身体庞大，而且横冲直撞，它遇到什么东西，不管是石桥、河堤还是拦河大坝，都会全部撞断，所以只要有蛟龙出世，洪水就会加倍严重。

所以在洪水来临前，当地政府都会组织大家多砍一些皂荚树、花椒树枝，丢在河道的关键地方，就是防止这蛟龙的。

蛟龙出世时，都是刚蜕完皮，它不怕打，就怕这种小刺扎，这种小刺会扎进它的肉里，让它痛苦难耐。但是这一次，第一波洪水就把他们冲垮了，还去哪里找皂荚树去！

就在大家绝望时，远处突然传来了一阵悠扬的笛声。笛声清越，声音并不高，却在嘈杂的大水中也让人听得清清楚楚，让人听了以后，心情宁静。

大家都伸头看，想看看都这个时候了，谁那么有闲情逸致，还在吹笛子。

大家就看见一个少年，站在水中，吹着一支笛子，他背着一把用杏黄色布包裹着的弯曲的剑，无比飘逸地“走”过来了。他的速度很快，几乎是一瞬间，就从远处过来了，像是水下有什么东西驮着他。

随着他一路走过来，水下巨浪翻滚，波浪滔天，整片江水都沸腾了，那些原本兴风作浪的大蛟，都跟在他身后，老老实实地跟着他走了。

老人就说，凡是大灾大难之时，都会有山上修行的高人出世，解救众生，这个就是引蛟走的高人了。

他脚底下踩着的，就是当年走蛟成功的巨蛟，所以那些刚出世的蛟龙不敢与他为敌，只能老老实实跟着他走。

我这个朋友听完这个故事，顿时对那个走蛟少年大感兴趣。他在荆州四处走访，寻访了好多老人，终于拼凑出了这个走蛟少年的一些故事。

据说，这个少年原本就是荆州人，小名叫作惊蛰，住在长江边上的一个小镇上。

小镇有一座古石桥，桥上悬挂着一把斩龙剑，据说是高人悬挂在那里，防止走蛟的。

小少年和奶奶相依为命，一个人读书、钓鱼、嬉戏，是一个很孤独的孩子。

有一天，雷雨交加，惊蛰发现斩龙剑掉下来，重伤了一条大蛇。他救了这条大蛇，大蛇一天天长大，痊愈，并和他成了好朋友。

他们一起读书、钓鱼、嬉戏，小少年终于不再孤独。

大蛇越来越大，小镇已经藏不住它，各方面势力云集小镇，各种人心怀鬼胎，有的想要捕捉大蛇，有的想要寻找它背后的秘密。

少年决定将它秘密送走，但是这时候，小镇上发生了水怪食人事件，村民怀疑是大蛇作祟，追杀大蛇，小少年就带着大蛇跑进了深山。

最后大家发现，原来深山里还藏着一只水怪，是它偷袭了村庄，而且它还想吞食掉大蛇。

大蛇和少年一起杀掉了那只水怪，但大蛇也身负重伤，没办法走蛟了。好在昆仑山的金门高人下山，救了大蛇和少年，帮着大蛇走蛟成功。

大蛇化蛟后，在头上长出一根二尺长的独角，它舍不得惊蛰，于是怒撞大山，硬生生撞断了这根独角，将龙角留给了惊蛰。

后来，高人将惊蛰带到昆仑山，让他成了“金门十一子”。

学成下山后，惊蛰背着那把龙角剑，回到了荆州旁的长江，再一次吹响笛子。十年前，他在水边响笛子，大蛟都会赶过来，用尾巴撩起一股水，轻轻打在他脸上。

那个黄昏，他独自坐在江边，吹了很久，大蛟却没有出现。

天黑了。

小少年要走了。

他收好笛子，开始缓缓往外走。没走几步，后面突然甩出一股水花，轻轻打在他脸上，一如十年前的时光。

他回过头，就看见江水翻滚，一头巨蛟在水里看着它。

从此，荆州长江段就多了一个走蛟少年，默默守护人间。

这个故事讲完了。他也很感慨。后来我们喝了几杯，他就回去了。

我当时一直想问他这个故事的真假，但是想想也没什么必要，毕竟故事也没什么真假。只是他故事里提到的金门十一子让我非常好奇，难道这个金门真的存在？

第二天一早，他就回去了，我去码头上送他，他跟我摆摆手，摇下了车窗。

在车窗放下的一瞬间，我发现车后座有一个杏黄色的布包，里面包裹着一个弯曲的东西，仿佛一把龙角剑。

黄岩岛海神

这个故事也是在深圳时听到的。

当时我们在腾讯做网游，典型的压力大、工资高，大家又都是单身汉，有钱都花不出去，所以每天晚上都半夜去大排档吃烧烤、吹水。

我们经常去南头美食街，一条乱糟糟的小巷子，这里上午不营业，每天到了下午四五点钟，老板才趿拉着拖鞋，懒洋洋地打开门，指挥着小伙计，开始慢慢摆放桌子。

这里是属于晚上的。

跑堂来回穿梭，食客大声吆喝，火红的炭火，烤得滋滋冒油的鱿鱼卷，香气缭绕的猪肚鸡，三教九流，什么人都有，很热闹，而且按照时间分拨来。

九点、十点，多是戴着大金链子的文身大哥出来镇场子，点一大桌子菜，还有衣衫褴褛的小妹帮着剥蒜。

十二点，保安们下班了，他们点两瓶啤酒，点一点儿烧烤，在那慢慢吃喝，感慨着生活不易。

凌晨两三点，夜场的妹子跟客人出来了，烧烤摊上就多了一些暧昧，浓妆艳抹，黑丝大腿，嗲声魅气。

有一天深夜，有个很干净的女孩子趴在那里哭，哭得很伤心。我们想去安慰她，又怕吓着她，只能在旁边装着喝酒，陪着她，直到她叫了一辆车回去，我们才松了一口气，赶紧回去睡觉了。

我很喜欢这种有烟火气的地方。

真的，有抑郁症的，要多来这种地方，多逛逛菜市场，看看人间烟火，就不那么孤独了。

我们经常去的一家店，叫品蚝居，是一家十几年的老店。你们不要笑，深圳南山区开发也没多少年，十几年真的相当于北京的百年老店了。

他家的碳烤生蚝，是我吃过的最好吃的，嫩滑鲜甜，热辣滚开的蚝汁吞下去，什么烦恼都没有了，然后就开始吹水。吹水是粤语，意思是侃大山，这个“吹”字很形象，有点儿口水飞溅的意思，看着就很热闹。

我们当时什么都吹，特别长见识，尤其是各种鬼怪故事，格外吸引人。邻桌有时候听傻了，还要主动过来拼桌，有时候连跑堂的小伙计都要坐过来听听。

品蚝居跑堂的小伙计，黑瘦黑瘦的，佝偻着腰，头发稀稀疏疏的，牙齿也参差不齐，说话老漏风。他脑子也不太灵光，老给人送错烧烤，老板气得成天跺脚骂他：“衰仔哎，你这条死扑街！”

所以后来大家就叫他衰仔，连他自己都这么叫，说各位大哥好，小弟是品蚝居的衰仔，还挺得意。

有一次深圳刮台风，我们顶着大风天过去，没几个食客，老板也没在，我们就叫衰仔过来喝酒。

他非常激动，觉得我们看得起他，要给我们敬酒，自己一扬脖子，先干为敬，然后半杯啤酒倒进了脖颈里，把我们笑死了。

衰仔自己也咧嘴笑，然后给我们讲了一个关于海鬼的故事：

他说你们看我现在这个样子，肯定猜不到，其实我的年龄并不大，也就二十多岁，我是前几年在海上遭了大罪，一直没有补回来。

我是海南那边的疍民。疍民有一个特点，五个脚指头都是一般长。这种脚啊，在船上不会滑倒，反而上了陆地走路就像鸭子一样摇摆，天生就是吃海上饭的。

我们那里都是世代的渔民。

南海多珊瑚树、多礁石，石头鱼、苏眉、石斑、大龙虾，这些名贵鱼种都爱藏在珊瑚丛里，要捉鱼，只能潜水下去，用工具在水下捉。

要捉更名贵的大鱼，就要按照《更路簿》记录的地方，去黄岩岛。那地方别说苏眉、石斑，就算是一米长的大龙虾都有，然后带着大鱼去香港，在那边儿卖掉，换成钱，沿途再随便打点儿鱼，带回家去。

这就是我们那里世代的生活。

我是村里第一个考上高中的，老村长让我帮忙修村志，我才知道，我们这个村子在秦代就有了，而且建村的过程非常离奇，是由一批捕捉巨鱼的逃犯建立的。

按照村志记载，秦朝有个人叫赵胥，他家里累世捕捉巨鱼，非常有名气。秦始皇当时派人南渡寻找长生药，但是海上多巨鱼，老是打翻大船，于是就让他打造了捕捉巨鱼的大船，一路跟随，远赴南海。

船队在海上遇到了风暴，纷纷沉没，赵胥想回去也是个死，还不如索性跑了，反正船上有几百人，武器又先进，不怕官兵攻打，走到哪儿算哪儿，就一路来到了海南。

再后来，秦朝覆灭，天下大乱，我们祖上就带着一伙人，偷偷跑路了，找了一处僻静的海滨，在那隐姓埋名，建立了我们村子。

村志里有一句很奇怪的话，我有些不明白，意思是我们村子是帮海神镇压一个邪地的，所以祖祖辈辈都在这里。

我没考上大学，不过也不甘心做渔民，就来了深圳。但是我一个破高中生，根本找不到工作，后来给人打零工，最后在一个度假村做服务生。

有一次，我在和别人吹牛，说我们村子相当于守陵人，是守着大海一处邪地的。这话被一个大老板听到了，他很感兴趣，就甩给了我一摞钱，说想去我们村子旅旅游，去那边钓钓鱼，让我带路。

第二天，他就带了几个人，开着车去了我们村子。

他在我们村子待了几天，并没有钓鱼，而是带着一个老头子到处瞎转悠，也经常去跟一些老人聊聊天、喝喝茶，专门问一些村子里的事情。

后来他就去找村长，说他是开矿的，打算在我们这里开矿，想让村里人迁出去，所有人在城里补偿一套新房子，还给钱。

没想到老村长却一口拒绝了，不仅拒绝，还拍着桌子把他赶出去，又派人监视着他，严格限制他踏进村子半步。

我们当时非常奇怪，觉得老村长是不是老糊涂了，这大老板想在村子里开矿，给钱又给房子，这是多好的事情，为啥不答应呢?

后来老村长就告诉大家，我们这个村子之所以能延续上千年，是因为村子下面埋藏了一些老物件，绝对不能动，一动就会出事。

好多人对老村长的解释并不满意，但是也没办法，老村长态度坚决，那个广东老板也只好怏怏地回去了。

过了几天，那个广东老板派马仔半夜摸进了我们家，跟我谈了一笔生意。

老板说，他当时带的那个老头儿，也就是他师爷，是个憋宝人，已经开了天眼。他师爷发现我们村里有个宝贝，我要能给他弄出来，他就给我十万块，而且当场点了一百张大票子给我，说是定金。

我开始以为他们要的东西，就是我们供奉在祖宗祠堂里的海神。我们祠堂里供奉着一个海神，它在一个大瓮里，用红布蒙着，我们村里要出海前都要去祠堂拜祭它。

我把那个大瓮偷了出来，结果那个老师爷只看了一眼，就连连摇头，说："不对，不对，这东西怎么会是海神，这分明是鲛人！"

师爷手里摇着一把扇子，捻着胡须说："《太平广记》中有关于鲛人的记载：'海人鱼，东海有之，大者长五六尺，状如人，眉目、口鼻、手爪、头皆为美丽女子，无不具足。皮肉白如玉，无鳞，有细毛，五色轻软，长一二寸。发如马尾，长五六尺。'"

这段话半文半白，大家听不太懂，就请教他到底是什么意思。那老师爷合上扇子，嗤笑着："咳，这句话的意思是，这鲛人除了多了条尾巴，其他的跟女人都差不多！在古代，沿海的一些老光棍，娶不到老婆，就在家里沏一个大池子，养一条鲛人，把它当女人用……就这破玩意儿，你们还把它当海神，嘿！"

然后他摇着扇子，说："我要的东西啊，就在你们这边的海葬地，你只要带我们过去，我们自会取到。"

他说的海葬地，是一处很神秘的海域，而且特别诡异，活人是不能去的，需要用一种特别诡异的方式过去。

我们在海上讨生活，吃的用的都是海里的，所以死后身体也会回归海里，实行海葬。

这海葬是用一艘大船，带着一艘小船，开到深海里，然后在午夜时分把小船给放下。

小船上挂着一盏汽灯，上面放着尸体，尸体上撒满了香料等，最关键的是，小船船底被凿开了一个大洞，洞口用蜡油封住了。所以小船在大海里漂个半天，蜡油脱落，小船就带着尸体沉到海里了。

据说只有这样的船才能开到坟场，那里到处都是暗礁，成群结队的鲨鱼，以及怪异的海猴子。

我有一年和爷爷去深海捕鱼时，被海风吹到过海葬坟场附近，在那里见到了黑压压的礁石，以及上面密密麻麻的海猴子，像是在守护着什么。

那老师爷听说了海猴子，就让我详细说说。

我说，海猴子，我们也叫海鬼，它们形似猴子，在水里力大无穷，而且专门吸食人的脑浆，非常残忍。

据说在古时候，每次刮台风，海猴子都会偷偷上岸，逮住小孩喝脑浆，尤其是婴儿脑浆，特别可怕。

老师爷详细问了问海猴子的样子，才说："你说的这个海猴子，好吃人脑，不像海猴子，倒像是古人所说的海鬼！这就对了，这海鬼就是守护那宝贝的！"

我当时很担心，怕他们把我们村子的镇村之宝给弄走了，到时候我成了村子的千古罪人，死活让他们先说清楚，到底要找什么，不然死都不会带他们去。

那个老师爷没办法，最后终于和我说了实话。

他说，小子，你不用担心，我们想要取的宝贝啊，对你们来说，简直一文不值，只是对我们寻宝人有用。

他说，小子，你们这个南海啊，可是大大地有名气，大大地有宝贝啊！

南海自古是海上丝绸之路的重要航线，数百年来，有几千艘商船沉没在这块海域，什么年代都有，宋代、元代、明代。

要知道，这些商船是为了和国外通商，所以大多携带着大量珍贵瓷器、古董，具有非常高的收藏价值，往往一艘沉船被打捞出来，价值高达数十亿美金。

而且这些商船沉没的地方，大多都是公海。按照《国际打捞法》，凡是在公海上打捞到的财物，百分之九十归打捞者所有，剩下的百分之十归沉船所有人。

也因为这个原因，南海有许多海外船队打捞沉船，希望可以借此大捞一笔，成为富豪。

这个广东老板，就是专门做国际打捞业务的，他从古籍上发现，南海有一个由上千艘沉船组成的巨大坟墓，足足几千艘大商船摞在下面，经年日久，好多船腐烂了，就像一个巨大的坟。

南宋时期，有一个人叫周去非，他在《岭外代答》里写过，说南海中的交趾海域有东、南、北三股合流，海上无风，也会波浪翻滚，船只无法前行，结果往往酿成灾难，说的就是这片地方了。其实说的就是这海坟邪乎，活人莫入。

我当时还有些担心，说这么一个大海坟，有什么东西能降服了它？！那老师爷说：“有道是‘卤水点豆腐，一物降一物’，这世间万物都是相生相克的，你们村子底下的东西正好克它，也是命数了。”

他说，海坟那里，到处都是毒雾、瘴气，所以船到了那里，怎么也开不出去，其实就是被冤孽缠住了，只能跟着沉下去，填海眼了。而海葬的那个地方，应该是一个巨大的海蛇窟，那海鬼最喜食海蛇的脑髓，所以聚集在礁石岛上捕食海蛇，被你小子给撞见了。

那海蛇本是世上最毒的生物，那海蛇窟里到处都是海蛇，涎水滴到水里，都能毒死鱼虾。

但是这世间万物啊，讲究阴阳相克，所以越是这种至阴至邪的地方，越能出现至刚至阳的东西。他们这次去海蛇窟里寻的宝贝，就是这个东西，只要寻到它，就可以拿着这东西潜入海眼，发掘真正的宝贝了。

我听他这么说，才决定带他们过去。

按照老师爷的说法，海鬼喜欢在月亮天出来觅食，所以要选一个毛月光的天气，能避开它们最好，赶紧取了那宝贝走。

关于尸体识路那个法子，他们也不怕。他们提前从殡仪馆买了一具尸体，到时候如法炮制，也弄一艘用蜡油封住船底的小船，把尸体放小船上，到时候他们跟着小船走就行。

后来，我们等到了一个阴天，我从家里弄来了一艘船，大家深夜慢慢划出海，等划出一段时间，再打开柴油机，小船就哐哐往那个海葬地跑。

我们跑到后半夜，觉得差不多了，就开始放下小船，跟着小船走。

说来也怪，那天风平浪静的，但是小船下水后，原地转了几个圈，竟然开始缓缓向一个方向走去。

我们都有些紧张，大老板带了几个保镖，保镖纷纷往枪里填子弹，担心出事。

老师爷眯着眼看了看，说："无妨无妨，是大鱼推舟！"

我们用探照灯仔细照照，才发现原来船底下有不少大鱼，它们都簇拥着小船，推着小船往前走。

我就开着大船，远远地跟着小船走。好在小船走得不快，加上上面有一盏风灯，海面上风平浪静，倒是也好找。

后来，我们就到了一处黑黝黝的礁石处，那小船就渐渐沉下去了。看来，这里就是那个坟场了。

广东老板让一个保镖拿着鱼叉跳上去，仔细检查了一下，发现确实没什么问题，这时大家才放下心，把船靠在礁石上，开始准备寻宝。

按照老师爷的说法，这宝贝肯定在那礁石洞里，所以需要先钻眼，确认了洞穴方位，再派人穿潜水服下去取宝。

我开始还挺有兴趣，后来发现完全看不懂，那洞穴老找不到，自己也觉得无聊，索性找了块平坦的地方坐下了。

在船上颠簸了半夜，我又晕又困，迷迷糊糊就睡着了，半醒半梦之间，就觉得黑暗中有谁轻轻拍了一下我的肩膀。

我以为是广东老板他们，随口答应了一声，结果那边又轻轻拍了我一下。

我迷迷糊糊睁开眼，发现身旁没什么人，再回头一看，发现其他人都在不远处的礁石上，那刚才拍我肩膀的人是谁呢?

再回忆一下，刚才拍我的手不大，像一个小孩的手掌。

小孩……这个鬼地方怎么可能会有小孩？！我越想越害怕，起身就要跑，这时一个毛乎乎的小手猛然抓住了我的脚脖子，拼命往下拽。我摔倒在礁石上，两只手死死扒住礁石缝，一边和那东西拉锯，一边拼命扯着嗓子叫人。

广东老板指着我叫了几声，旁边那个保镖迅速冲了过来，朝着我身后就是狠狠一鱼叉扎了过去。

就听见一声惨叫，我脚上顿时松快了，赶紧抽回了腿，连滚带爬冲向广东老板他们。

大家也是一脸警惕，用狼眼手电四处照着，防止海鬼偷袭。

那礁石后面，不断蹿出一个个毛乎乎的黑影，嘴里发出咯吱咯吱的怪叫声，不知道有多少个。

大家一脸惊慌，问：“怎么办？”老师爷也是一脸凝重，说：“老板，要不要先撤？！”

广东老板一脸从容：“怕什么，咱们人多枪多，还怕那几只海猴子！”说完他一把夺过保镖手里的双筒猎枪，轰一声打在旁边的礁石处，一枪就打翻了一只海鬼，其他海鬼吓得嗖嗖往海里跳。这一招既是震慑海鬼，也是在威胁我们几个人。

老师爷干巴巴笑着：“既然如此，我们已经确定了位置，就赶紧寻宝吧！”

我才发现，他们已经挖开了洞穴，有人已经下去检查了。

很快，下去的人上来了，用一种很不可思议的表情说，下面没有水，像是一个人工开凿的洞穴，很大，可能需要我们下去看看。

广东老板想了想，就让我和几个保镖在上面等着，让我们都听阿龙的，他自己和师爷几个人下去了。

那个阿龙，就是最开始找我的那个马仔，也是跟广东老板好多年的老人了。

阿龙就喊我去旁边抽烟，低声跟我说，这个广东老板看着面善，其实心狠手辣，这次他没带我们两个下去，待会儿肯定会下手除掉我们。

这里是海上，他一个旱鸭子玩不转，待会儿让我眼睛活点儿，万一有什么不对的，两个人赶紧跑路！

大家正在谋划，阿龙手里的报话机突然响了，就听见广东老板压抑不住的惊喜声，说他们这下子发财了，没想到这底下竟然有个神物啊，他们这下别说是去海坟了，就是去他娘的海眼也不怕了！

他让阿龙赶紧带我进去，那神物太大，他们降服不了，得大家一起才行！

阿龙挂下电话，脸色晴阴不定，最后还是让我跟着他，要是不行，大家还是按照原计划跑路！

我们顺着吊索下去后，果然发现那底下是一个非常巨大的空间，简直就像一个体育场，底下开始还有不少水，差不多齐腰深，往前走着走着就逐渐上了岸。

用狼眼手电照照，发现这里像是一个巨大的洞窟，又像是有人工开凿的痕迹，不知道是做什么的。

正在往里走，突然就听见报话机里传来了一声惊恐的叫声，接着是乱枪扫射的声音，然后是一个低沉可怕的闷哼声，最后就听见轰隆一声响，像是什么东西引爆了，整个山洞都晃动了，巨大的碎石纷纷砸下来，隐藏在洞穴里的海猴子吱吱叫着，拼命往外蹿。

我们两人见势不妙，也跟着往前跑，结果就听见后面又是轰隆一声响，把我们掀飞了，狠狠撞在石壁上。

我俩摔得满脸是血，也顾不得擦，就拼命往外跑，终于跑了出去，赶紧发动了渔船，就要跑路。

这时，那海面上突然涌起了一个个排球般大的漩涡，白亮亮的，像一个小喷泉往上涌着黑水。

原本灰蒙蒙的天也仿佛发亮了，一团团的白云低低垂下来，像一座桥，贯穿南北，还出现了一道白色的彩虹。

乌云越压越低，黑得吓人，那一挂白色的彩虹却白亮亮的，海面上出现了越来越多的小漩涡，往外冒着黑水，咕咕嘟嘟地响。

更可怕的是，黑黝黝的海面上，浮出了一个个酒杯大的光点，随着海浪浮浮沉沉，就像是海面上被人点起了一盏盏小灯。

我的头一下子蒙了，这叫阎王点海灯。点海灯是一种奇异的自然现象，说的是在台风来临前，海底气压低，所以平时潜伏在大海深处的磷虾、角藻、磷光虫等浮游生物纷纷浮出海面，看起来就像是点燃了无数盏海灯一样。

点海灯后不久，海上都会刮起特大风暴，所以点海灯在渔民看来，就是阎王爷来催命的标志。

往前看看，黑压压的海面波浪翻滚，仿佛有不少巨兽从里面爬了出来，顶着波浪往前冲，仔细看看，原来是缠绕成一团团的海蛇群，组成了一个怪异的巨怪，随着波浪浮浮沉沉。许多大鱼也浮了上来，有成群的海豚、鲨鱼，甚至巨大的鲸鱼都从海底钻了出来，疯了一般，在海上拼命转着圈，横冲直撞。

我彻底绝望了，让阿龙赶紧用腰带把自己捆在船舱里，然后熄灭了船上的灯，关掉了马达。水底下什么怪异的东西都有可能出来，被它们盯上就糟糕了。

我们刚弄完，就听见天上哗啦一声，横劈过来一条巨大的闪电，将这片海域照得清清楚楚，接着一连串炸雷轰隆隆响起，仿佛要将整片大海炸得粉碎。

雷声轰隆隆响起，巨大的闪电像扭动的银蛇，海浪足足有

三国喵贴纸

《金门十三子》赠品

张飞：我心中有千万念，意难平！

吕布：这世上没了你，就不必再有桃花

孙权：Duck不必，小憨憨

关羽：贪财好色，一身正气

诸葛：财运平平，日进斗金

诸葛：好色而无胆，好酒而无量

貂蝉：愿随夫子天坛上，闲与仙人扫落花

貂蝉：贫穷人家，只能吃大闸蟹充饥

貂蝉：长夜漫漫，喝碗鱼汤吗

貂蝉：别了，少年

十几米高，铺天盖地打过来，外面全是黑压压的海水，嘶嘶往上淹。

我当时绝望极了，以为自己肯定要死在海上了，结果在闪电划过的一瞬间，我无意识地朝前看了一眼，却一下子愣住了。

接着，我浑身的冷汗唰地流了下来。任凭那炸雷在自己头上翻滚，死死地盯着前方。那黑黝黝的海水、纠缠在一起的海蛇群、小岛一般的鲸鱼，都没有让我动容，但是刚才那一幕，却深深地印在了我的脑海里。

那是——一个人！！！

那个人穿着一身白衣，缥缈似仙，骑在一头鲸鱼上，正在前面慢慢游走。

我狠狠给了自己一个嘴巴，觉得自己肯定出现了幻觉，在这种极端天气下，又是这种地方，怎么可能会有人？

紧接着，我想起了村子里世代流传的关于海神的传说。据说，在大风暴来临时，被围困的小船偶尔会发现海神降临，给他们指引出一条逃生的道路。

我狠狠心，想着干脆拼了！从船舱里冲出来，冲到驾驶室，把自己绑在里面，发动了小船，拼命朝着白衣人的方向开。

什么东西狠狠砸在了驾驶舱，将驾驶舱的玻璃砸了个稀巴烂，狂风卷着碎玻璃，将我的脸划出了一个个大口子。

我几乎要绝望了，大喊大叫，拼命瞪大了眼，寻找刚才那个白色的身影，却怎么都找不到。

这时，我突然听到远处像是有一阵悠扬的笛声，笛声悠扬激昂，虽然声音不高，但是穿透力极强，竟然穿透了风暴的咆哮声，清晰地传到了我耳里。

我把所有的精力都用来捕捉那微弱的声音，几乎动用了身上所有的细胞去感受那声音，拼尽身力量去判断那声音的方向。

那声音忽远忽近，忽明忽暗，一会儿高一些，一会儿低一些，就像是在故意逗我一样。

我几乎要疯了，狠狠揪下来一撮头发，咬着牙坚持着，辨明一个大致方向，就拼命朝着那地方开过去。

小船几乎有一半时间都在浪尖上跳跃，根本没法控制，我咬牙支撑着，尽量往前走。

不知道过了多久，我感觉风浪渐渐小了一些，自己朝外看看，天已经发白了。

我跪在地上，泪流满面。我觉得，那个少年一定是海神，就是海神救了我。

回到村子，我去问了好多老人，老人告诉我，关于海南那种神秘的笛声，好多老人都听说过，好多人在遇到大风浪的时候，那个白衣少年都出现过，跟着他走，就能活着回来。

有人说，那个白衣少年来自遥远的昆仑山，被誉为金门第九子，奉师门命令守护南海，后来成了南海的守护神。

衰仔自己也纳闷，说按照村志记载，那个小少年恐怕几百年前就已经在这里了，他怎么会一直存在？莫非是那个白衣少年的后人，或者是金门一直在往海南派遣高人？

那就不知道了。

我当时对金门第九子的事情很感兴趣，一直追问他金门的事情，他自己也说不上来，只是说在村志里见过这个名字，也不知道是谁记录下来的，以及是否是真的。

他还和我约定，等国庆节带我去南海看看，找老村长问问，他应该知道很多关于金门的事情。

没想到，世事弄人，我腾讯的老领导很快去了上海一家上市公司做 COO（首席运营官），我也跟着过去当了高管，后来就再也没有机会回深圳了。

几年后，我再一次去深圳，还专门去了南头美食街，想找他聊聊，却发现这家开了十几年的老店竟然没有了，换成了一个很夸张的潮汕牛肉丸店。

哎，关于深圳的美好回忆又少了一个，也再也没有机会和衰仔去南海了。

神农架铁甲人

这个故事是在湖北听到的。

那还是六七年前，我已经去了上海一家上市公司，做市场中心负责人，成了公司最年轻的高管。

我们当时和武汉一家出版社谈了一个合作，出差去了一次武汉，谈完后正好是国庆节，就想着干脆在这边玩几天吧。

武汉是个好地方。

黄鹤楼下户部巷，热干面和莲藕汤。好多人以为武汉只有热干面，其实排骨莲藕汤也很好，粉色的排骨，粉色的莲藕，汤厚味淳，颜色也好，很有一种萌感。黄州豆腐、巴河藕、武昌鳊鱼、鄂城酒，这是鄂东四大名产，都挺好。

在武汉待了两天，想着闲着也是闲着，干脆去一次神农架吧。

那是一次不太顺利的旅途，大巴车半路坏了，到了木鱼镇游客接待中心，已经很晚了。

不过我的兴致挺高，找了一家小饭馆，看着茫茫的大山，听着远处似有似无的猿猴叫声，点了当地特色的腊肉、野菜、油炸冷水鱼，以及“烤的疙蔸火、吃的洋芋果，苞谷酒和着腊肉喝，除了神仙就是我”的苞谷酒。

当时小饭馆里还有一个老人，我就邀请他一起过来喝酒。老人是一个老教授，见识渊博，对神农架了解尤其深。我们就着甜丝丝的苞谷酒，慢慢吃喝，随便谈点儿乡野怪事、野人怪物，外面月朗星稀、蛇嘶虫鸣，隐隐传来几声动物的叫声，声音古怪而悠长，很有讲故事的情调。

老教授也喝多了，跟我说了一段他当年被下放到神农架一个农场时，遇到的铁甲人的故事：

他说，那个农场也说不清楚到底在哪里，反正是神农架腹地，周围全是浩浩荡荡的大水，像座孤岛，坐船都要好几个小时，非常荒蛮。

这里的人也很神秘，有的是知识分子，更多的是一些江湖人士，一个个桀骜不驯、恶狠狠的。

农场管理极其严格，吃喝拉撒都有严格规定，不准乱看、乱走，简直就像监狱。

这里很古怪，深夜经常有看不见的怪物吼叫，叫声凄烈，半夜水里传来巨大的打斗声，水下像有什么巨大的怪物，偶尔还会传来激烈的枪声。

农场里夜晚戒严，绝对不准人出来，所以我们也不知道到底发生了什么。

小岛一侧是关押我们的农场，另一侧有一个白色的小楼，那里面进进出出的，全是一些科研人员，不知道在研究什么。

当时有一个体育学院的老师，游泳很厉害，游泳比赛还获过奖，他趁着黑夜偷偷下水，想游回去，结果游了没多久，就回来了，浑身是血，还少了半条胳膊。

他惊慌失措地过来，跟我们说这水底下有问题，有类似大蛇的东西，还有许多密密麻麻的铁丝网，里面像是关着什么更可怕的东西！

他说，还有，还有！我们这个小岛，它根本不是一个“岛”，而是整个浮在水面上的人工岛屿，下面全是一层层的木板和铁皮！

他还没有说完，就被人拖走了，以后再也没有回来过。

在这里劳动了大半年后，这种平静却在一个深夜被打破了。

那是一个风雨交加的深夜，我们突然被一阵尖锐的汽车鸣笛声给吵醒了。大家都很震惊，我们可是被关押在一个四面都是大水的岛上，怎么会有车?

有人偷偷溜出去看看，发现外面停着一艘大得不成样子的巨船，巨船的甲板上停了一辆大卡车，车灯雪亮，照得人眼都睁不开。

大船靠岸后，从船上吊下来一个巨大的木板，木板嘭一声落在了小岛上，接着那辆车竟然顺着木板缓缓地开了上来。迎接他们的人，全都冒雨站在小岛边，没有一个人打伞，站得像一杆杆笔直的标枪，像在迎接什么大人物。

最后，卡车终于停在了小岛上，车篷被拉开，露出了里面的几个人。

你肯定想不到，那车上下来的竟然是铁甲人！那些人浑身都包着铁甲，就像是古代的武士。还不能说是武士，因为古代的武士虽然穿着盔甲，但是盔甲包着铁皮的地方很少，更多是牛皮，不然整个盔甲会非常沉，根本穿不动。但是那几个人，他们浑身上下都包在厚厚的铁甲里，看起来就像是机器人。

这些“机器人”走路很慢，也很僵硬，真像一个机器，但还是缓缓地走上了小岛，走进了白色的科研小楼。

从铁甲人上岸后，整个小岛的气氛就开始变了。这个原本非常低调神秘的农场像是被激活了，开始不断有大船过来，送来了一批批的人。这些人都非常古怪，大部分都是伤员，有的少了一只胳膊，有的截肢了，更多的是浑身裹满了纱布，用担架抬着。

我们当时都吓坏了，想着怎么会有那么多伤员出现，难道是和谁打仗了？

后来伤员越来越多，医生不够用，也会找我们帮忙。我参与了几次护理，发现他们的伤口非常古怪，手臂、大腿像是被什么锐器切割掉了一样，伤口非常平滑、整齐，看起来非常吓人。

好多人的伤口已经恶化了，高烧不退，随时可能面临死亡的威胁，但是这些人却对这些丝毫不在意，甚至连表情都不变，是一种对于生命完全漠视的神情。

后来我请教了学医的朋友，他说以前做过军医，从战场的炮灰里抬出来的人，经历了太重的心理创伤，心理崩溃了，才会出现这种情况。可是在这种和平年代，怎么会经历那么残酷的东西？

那就不知道了。

那一天，我们早晨起来，依旧像平时一样，跑去医疗区护理伤员，却发现原本住得满满的帐篷，现在却空荡荡的，一个人都没有。

原本足足有上百个伤员，竟然就这么凭空消失了！我们问了管教，他也不明白，只是不准我们到处打听，就当这件事情从来没有发生过一样。

再后来，我们就被送走了，以后再也没有回去过。

再后来，我在一些聚会时，也遇到过几个在农场的“战友”，我们也讨论过那个农场，尤其是那些神秘的铁甲人到底是怎么回事，但没人能说得清楚。

有人觉得，那个岛下有许多撕咬人的水怪，那些铁甲人估计是在水下研究的，穿着铁甲应该是防止怪物撕咬。但是为什么一夜之间，小岛突然没人了，那就不知道是怎么回事了。

这个关于铁甲人的事情，困扰了老教授好多年。

许多年以后，老教授带着几个研究生，在神农架一个村子做民俗文化调研。

他们当时住在一个老大爷家里。那个老大爷姓崔，须发皆白，身子很硬朗，每天打太极拳，吐纳养生，是个鹤发童颜、道骨仙风的人物。

他每天穿着一件对襟长衫，慢悠悠喝着功夫茶，在石桌上练大字，连看的书都是竖版的古书，看着就不像这个小村子里的人物。

他和这个崔老爷子聊了几次，老爷子城府极深，只是说自己是山外人，厌倦了外面的打打杀杀，所以来这里隐居，聊度残生罢了。前半生种种，皆是过眼云烟，不值一提、不值一提了！

老教授就不问什么了，每个人都有自己的秘密，他不愿意说，就不说吧。

老教授就指挥着几个研究生，到处采风，自己在这里和崔老爷子聊聊天，学着打打太极拳，也不错。

崔老爷子说，这个小镇民风淳朴，其他倒不用担心，只是神农架里，有诸多怪事，不得不防。

他说了几个地方，不能去。

第一个就是人洞子。

神农架这边，藏着许多隐秘的山洞，好多山洞盘根错节，一直往大山深处延伸，里面有古怪的石像、散落的兽骨，最诡异的是，山洞里有不少人头骨堆，被堆成了各种诡异的形状。

关于人洞子的说法很多，有人说是古代的人祭场，也有人说这是修仙不成的人，也有人说，这是他们祖先封印恶鬼的地方。

有人说，这些都是躲避战乱的灾民，当年张献忠在四川屠杀川民，他们都躲到了深山老林里，顺着古盐道跑到了这儿。

还有人说，这些都是修仙的隐士，说神农架是一个成仙地，都去那里修仙了，结果修仙不成，反而成了一堆烂骨头！

但是这人洞子到底是怎么回事，确实说不清楚。

其次就是，小镇子附近有一个巨大的水潭，水潭深不见底，经常白日下雨，还常有怪异的吼叫声传出来，据说隐藏着水怪。

这个水潭，千万不能去。

老教授也叮嘱了研究生几句，大家也没当一回事，就这样继续调研。

结果有一天，就出事了。

那天晚上，正好是中秋节，大家一起过节，喝了点儿小酒，研究生小张和另外一个女生在谈恋爱，两个人就趁着月色，在村里散散步，不知不觉，就走到了那个水潭旁。

他们发现，水潭边有一个村民，那个人的姿势非常古怪，他穿着一身黑衣服，弯着腰，跷着腿，蹑手蹑脚的，像是踮着脚走路。

小张有些奇怪，正常人哪有踮着脚走路的？再回头看看，那月亮下，清清亮亮的，照出来一溜儿水淋淋的脚印，那人身上直往下流水，淋得一条路上全湿了。

他们两人有些害怕，就赶紧跑回来了。结果当天晚上，两人就发起高烧来，小张还好，半醒半梦的，偶尔清醒了，就说自己在反复做一个噩梦，噩梦里就是那个踮着脚走路的黑衣人，扭着身子追他，嘴里还不停说着：“打，打，打，打！”

而另外一个女生更严重，直接昏迷不醒了，而且高烧到了四十摄氏度。

老教授急得没办法，两个人突然病得那么严重，这里又是神农架腹地，估计人抬出去后，都要病死了。

崔老爷子过来看了看，翻了翻他们的眼皮，说了声：“没什么大碍。”

他取出一枚印章（看着有些像民国时期的官印），在两个人人中上盖了一个红印，又在门窗上各盖了几下，就丢下印章，径直出去了。

老教授都要急死了，想着这分明就是个江湖郎中嘛，不行，等天一亮，就得把他们赶紧送回去！正在想，两个人就迷迷糊糊醒过来了，直嚷嚷着热，还要水喝。

老教授才终于放下心，这发烧就是汗憋在了身体里，一出汗就是要好了，看来这崔老爷子还真有一手。

崔老爷子露了这一手，让大家对他更加敬畏了。后来他们要走了，老教授就诚诚恳恳求教他，当年到底是怎么回事。

崔老爷子就叹气，说这其实是一个陋俗啊！他说，神农架这里，大家都说自古有野人的传说，其实神农架水怪的传说也流传了很久。好多人都说，神农架水怪像个巨型蛤蟆，可以呼风唤雨，以人为食，祸害了好多村民。

这个水潭里，有一公一母两个水怪，原本倒也相安无事。

后来来了一个术士，说这水怪活上千年，已经成了宝物，就像那千年人参，人们只要吃了它的肉，就可以长生不老，蛊惑村民猎杀水怪。

后来两个水怪被逼到绝路，母水怪一头撞死在石崖上，让公水怪吞食了自己。那公水怪吞食掉母水怪后，实力大增，开始追杀村民，不死不休。

而且它很邪性，不管你杀了它多少遍，挫骨扬灰也好，给它封死在铁棺材里也好，过不了多久，它就会重新复活。

没办法，村里凑了钱，到处请高人做法。有高人就说，这两个水怪其实是保佑你们村子平安的，相当于佑护当地的水神啊！哎，杀父之仇，夺妻之恨，这仇不共戴天，两边非得死绝了一方才行。

村长就问高人，那怪物杀也杀不死，那怎么办？这高人就说："事到如今，那就只好杀水神了。"

杀水神，这话说出来就很恐怖，无异于古代杀皇帝造反。但是事到如今，确实也没办法，既然一定要死一个，那还是死对方吧。

不过这个水神怎么杀，倒是一个问题。这个高人就说了一个法子，一个非常邪门恐怖的法子。

他说，要杀水神，先要杀人。

首先要找一个人，这人在村里的祖宗牌位处发下毒誓，愿意生生世世追杀水神，然后将他的指甲染红，裸身缠上红布，三十六处大穴插进银针，最后穿上特制的铁甲，把他投到水潭里。

这人的六识被封死了，人虽然没死，也和死人差不多了，信念会带着他往水下去，就是传说中的阴间，据说那就是水神在的地方。

这个人因为生前发下了毒誓，所以神魂不散，会一直追杀水神，让村里得以安生。

说是这么说，但是这么歹毒的法子，而且明显是永世不可超生的法子，哪有什么人愿意做呢？

后来就有一个年轻人站出来，说他愿意。这是一个孤儿，吃百家饭长大的，这时候表示，自己愿意牺牲，佑护村子一方平安。

后来他就穿着铁甲，被投入了水谭，后来村子果然就平安了。

再后来，这里来了一个邋遢老头子，老头子背着一个酒葫芦，成天喝得醉醺醺的，带着一个小姑娘来到这里，后来听说了这件事情，就去了水潭边，做了一个法术，就把那个铁甲人带了出去，说这孩子心性极强，倒是一个可造之材。

据说他出自金门，旗下有十二个子弟，今天又收了一个，金门十三子就全喽！

听到这里，我忍不住问老教授："那你后来遇到的那个铁甲人，是那个人吗？"

老教授摇摇头，说那就不知道了。也许是那个年轻人学成下山，又回来守护神农架了，也许是村民还投放了其他铁甲人，那就不知了。

我又问他，那个崔老爷子，是什么人呢？老教授说，他后来读了一本《李宗仁回忆录》，发现李宗仁是一个颇迷信的人。他在回忆录里写了许多亲身经历的诡异事件，比如团部有人家闹鬼，用官印盖了几下，就好了，还有冤魂附身的。最特别的，当属一个算命先生。

他说，当时他在玉林，还是一个低级军官，陪几个高级将领算命时，相师死活要给他看相，说他会连升三级，然后飞黄腾达，贵不可言，而且坚决不收相金。

后来粤桂战争，他从营长升至边防司令，还真是连升三级，也感慨那个相师的神奇。

民国十三年，他已经位高权重了，这时那位相师去南宁拜访他，他觉得身为将军，私底下和相师拉扯不清，有些不太好，于是给了相师五百块酬金，没有见他。

老教授说："那个相师，姓崔。"他又感慨，说这么算算，崔老爷子也有一百多岁了。

第二天一早，我醒来去找教授，想和他继续聊聊铁甲人的事情，却听说他早早就离开了团队，一个人消失在了神农架深处。

我在那里待了一星期，却没有得到关于他的任何消息，也不知道他找到崔老爷子了没有。

蝙蝠侠盗

这个故事发生的时候，我刚经历过一场巨大的人生危机。

我当年才三十岁，跟着党勇先生去了上海，成了一家上市公司最年轻的高管，当时也是踌躇满志、意气风发。

结果有一次，在公司年度体检时，我被查出了身体里有一个恶性肿瘤，也就是通俗说的癌症。

这个消息对我来说，无异于晴天霹雳一般。我当时还年轻，前程远大，还有一些小名气（当时我已经出版了几部作品，还挺畅销），结果收到这个消息突然就崩了。

我直接停掉了工作，也停止了写作，开始四处流浪。从青海玉树到海南三亚，从大兴安岭到千岛湖，也遇到了许多奇人怪事。这么跌跌撞撞流浪了几个月后，终于调整好心态，准备做手术。

做手术之前，先做了活检，结果等活检结果出来，说是误诊。

我记得结果出来那一天，是大年二十九，我们家连年夜饭都没置办，拿到结果慢慢走回去时，看到有人在放礼花，白日火焰，万家灯火，眼泪当时就流下来了。

好吧，老天给我开了一个不大不小的玩笑，也让我想明白了许多事情，觉得人生不应该只有工作，于是就辞职了，想着先休息休息再说吧。

正好朋友圈一个中介在紧急转让一个五百平方米的老院子，院子在保定，四米多高的老房子，檩木都是五十年以上的榆木，结实、敞亮、通风，关键还很便宜。

我就把它买下来了，打算简单装修装修，在这边过几年，反正这边消费低，我也有一些积蓄，饿不死。

结果没想到，这个老院子却是一个著名的凶宅。不仅院子凶，整整一个胡同，几乎每家都有横死的，而且死因诡异，有服毒、投河、车祸、凶杀，还有全家死绝的。

前几年，这个胡同还上过特大新闻，北京朝阳区某地火灾，活活烧死了几个人，有几个被烧死的工人，就是出自保定这个胡同。

后来住得久了，我才发现，这个小村子就像电影《功夫》一样，也藏着许多高人，之前也在公众号“一只鱼的传说”讲过不少，像土味高人谷师父、养灵猫的孔四小姐、命格奇古的小二、截龙脉的土豪。

那时候，我在小村子里住着，经济自由，无忧无虑，经常去找村子里的民间术士谷师父喝酒。

六月天，树下凉风习习，我们躺在树下的藤椅上，慢悠悠地喝茶，随便聊点儿什么，看着蓝得忧郁的天空。远处的小山包上金灿灿的，全是向日葵，田野里花开烂漫，几只麻雀在地上蹦蹦跳跳，鸣蝉在树上率性地嘶叫着。

天渐渐黑了。一天，就这样过去了。

小时候，我爷爷喜欢一个人躺在藤椅上，慢悠悠喝一壶茶，一躺就是一天。当时我还小，欣赏不了这种美，现在年纪大了，渐渐就理解了。

有时候，谷师父也给我讲一些村子的故事，主要是那几个传奇人物的故事。

他说，那两个经常在村口下棋的老头儿，要注意。那两个老头儿，一个每天穿着一件对襟的白衣服，成天笑眯眯的，见谁都点头，一个成天穿着一身黑衣，板着脸，看谁都像欠了他几吊钱。

他强调，尤其是那个看着很和善的老头子，很危险，要离他远点儿。

我又问他："那个成天板着脸的人呢？"谷师父说："他倒还好，最多也就打断你三条腿。"

我："……"

然后谷师父就给我讲了黑衣老头的传奇故事，说他以前是大名鼎鼎的蝙蝠书生。

谷师父说，北京的北海公园有一座白塔，解放前，白塔出过一件奇案。

那天晚上，僧人听到白塔内有怪声，赶紧通知警卫打开地宫查看，发现里面倒挂着一个人，那人一身黑色罩衣，拔地而起，嗖嗖几下就蹿到了塔外，形如鬼魅。

大家以为撞鬼了，警卫手里有枪，拿着枪啪啪啪就是几下。

结果打下来一身黑衣，以及一面护心镜，上面嵌了几枚子弹。那人飘然而去，不知所踪。

这个燕子李三般的人物，就是这个黑衣老头。

我更加惊讶了，说："听说燕子李三会轻功，有一招'燕子三抄水'，他是不是从北海上飞走了？"

谷师父说："屁的燕子三抄水啊？那都是评书上演绎的。燕子李三是在沧州学的武艺，叫作献县轻功，不过他那个轻功也没那么悬乎，叫作'蝎子倒爬城'。这蝎子是倒着爬的，所以使这门轻功的人，都是倒着爬，头朝下，脚丫子在上面，像一只蝎子。"

我听他这么一说，顿时来了精神，因为这个轻功啊，我还真研究过。二十年前，我读过一部奇书《建国后十大飞贼》。书里介绍了十位飞贼人物，其中排名第七名的，叫宋莲萍，端的厉害！

警察说她"一人多高的墙头，能够一跃而上；六米多高的屋脊上跳下来，不打趔趄，不受损伤"。

据说她的功夫是一个老和尚教的，那个老和尚就更厉害了，"飞檐走壁，不在话下，还能平地一跃，捉起一丈五尺高的飞鸟"。

所谓民间高人，散落在乡野古寺，让人心生向往，恨不能一见。

所以这次谷师父说，这个黑老头儿竟然是传说中的武林高手，那可真要好好拜见拜见了。

我当时满心欢喜，赶忙整理一下衣服，当时“纳头便要拜”，被谷师父一把拉住，硬给我拖走了。

谷师父说，这老头儿脾气可不好，他不仅会“蝎子倒爬城”，还会“八步赶蝉”“魁星踢斗”，到时候给我来一记窝心脚，我今番却是要罢了！

我还不死心，说“八步赶蝉”也是轻功啊，要不然我给他打一下，让他使出这招功夫追追我，看看成不成啊?

谷师父说，你个不学无术的啊，早晚害死自己！这八步赶蝉是大杀招啊！这招是脚尖点地，腾空飞起，双脚飞踢你的狗头！踢不中的话，落地后再用双膝、双肘猛击你胸部，最后双手锁喉。

我：“……我又不是阶级敌人，至于那么狠吗？！”谷师父拖着我往前走：“这些练武之人啊，出手都没轻没重的，所以你要远离他们。”

远离就远离，我拉着谷师父去村尾的小酒馆喝酒去了。

小酒馆在一条大河边，合抱粗的老槐树下，上面插着一个杏黄色的旗子，写着两个字：酒铺。颇有古风。

酒铺有一个泼辣漂亮的老板娘，她一手端着酒，一手端着小菜，来回穿梭，说着尖刻又漂亮的话，像一枝带刺的玫瑰。

我叫了一桌子酒菜，拼命奉承谷师父，让他给我讲讲那黑老头儿的故事，那轻功到底是怎么练成的，他是不是燕子李三这种劫富济贫的人物啊，有没有犯下什么滔天大案之类的。

谷师父慢慢喝了几杯，就给我讲了一个黑衣人的传奇故事。

谷师父说，这个黑老头儿嘛，算算也快百岁了，也是个民国时期的传奇人物。他喜欢穿一身黑色的紧身衣，这种紧身衣都是特制的，外面用很长的布条缠着。

这些布条里藏着特殊的“爪子”，爪子撑开后，是个百爪钩，可以攀爬，也可以作为武器。这件夜行衣很大，用手脚撑开后，有点儿像个滑翔翼，从很高的地方跳下来时，就像蝙蝠一样，所以他当年号称“蝙蝠书生”。

我忍不住问：“为什么叫那么文弱的名字？不应该叫‘嗜血蝙蝠柯镇恶’‘血手人屠阎王蝠’这种更拉风的名字吗？”谷师父狠狠瞪了我一眼，说：“因为他喜欢写诗……”

我吃惊了：“写诗？写那种反诗吗？他时若遂凌云志，敢笑黄巢不丈夫！”谷师父有些尴尬地说：“不，是写那种艳诗，还喜欢写在姑娘家的闺房里。”

我忍不住大笑：“哈哈哈哈哈哈哈，这还是一个写黄诗的艳贼！”谷师父赶紧解释，说：“不不不，他风流而不下流，他就是喜欢在那写诗，从没碰过任何一个姑娘。”

我说：“那他就是个猴！他使出定身法，把七仙女定住后，然后摘桃子去了，哈哈哈哈哈哈哈！”

谷师父也有些无奈，说他其实出身于书香门第，但是后来科举停了，各地都办大学堂，有搞洋务的，有搞复古的，什么的都有。他家人觉得世道乱了，索性请了一个老学究在家里教他，又找了一个教头教他功夫。

这个教头很厉害，是以前义和团排得上名号的高手。

现在说起义和团，都成了笑话，其实义和团的重镇津门，自古尚武，鱼龙混杂，还是有很多高手的，像鼎鼎大名的大刀王五，就是义和团的高手。这个教头当时因为义和团失败，加上受了枪伤，一路逃到这里，被他们家收留了，也是心灰意冷，索性在他们家住下了，做了个护院。

这个教头很厉害，十八般武艺，几乎样样精通，“蝙蝠书生”略学了一些棍棒、剑法，都不感兴趣，唯独对轻功很感兴趣。教头就告诉他，轻功这个东西，其实很难练，练得好的，多是家传的功法。

因为轻功，比如“蝎子倒爬城”，人身子是倒着走，好多人不习惯，就练不成。

所以这门轻功要打小儿练，小娃娃刚会爬的时候，就是倒着往后爬，练这个合适。而且人小、骨头软，好练缩骨功，轻功都是一整套，缩骨、倒爬、飞跃，哪有单练一个的？

所以好多功夫吧，年纪大了就不成了，像闭气功，小娃娃刚生出来，你给他丢水里，他就会自动闭气，这都是与生俱来的。辫子功也是，这是打小儿不剪发，头发留长了，就用鞭子给孩子吊树上，从小感受那种绵软的力。

然后他建议蝙蝠书生练铁裆功。铁裆功并不是只练裤裆里的那点儿东西，它其实是外家功夫，正经的硬气功，要练成“铜头、铁裆、铁背”，才算生效。

不过这个蝙蝠书生就是不听，死活要练轻功，那就练吧。那时候他已经七八岁了，练轻功就很痛苦了，需要弄一个很大的水缸，弄成药池，里面放好多药材，每天泡几个小时，把骨头泡软了，才能练缩骨。

轻功主要是两个部分，第一就是能跑。身轻如燕，可以一跃一丈多高，这样才能形似鬼魅，飘然而去。

第二就是能逃。给你带上镣铐，关在铁监里，你能缩骨，能把镣铐取下来，会开锁，能从监狱里跑出来，这样才能叫飞贼。

他学成下山，就成了名噪一时的飞贼。

他有一项特别的嗜好，行窃完，喜欢在墙上题艳诗。

有新婚夫妇，他题：

宝篆烟消烛影低，枕屏摇动镇帏犀。

风流好似鱼游水，才过东来又向西。

有未出阁的女儿，他题：

舍南舍北皆春水，但见群鸥日日来。

花径不曾缘客扫，蓬门今始为君开。

总督府的师父六十七岁，娶了一个十三岁的小姑娘，他题词：

十八新娘八十郎，苍苍白发对红妆。

鸳鸯被里成双夜，一树梨花压海棠。

最底下还加了一句“老不羞”。

可想而知，他很快成了著名的独行大盗，各路人马齐聚京城，磨刀霍霍，要捉拿他，结果他做了什么呢?

他故意犯了一件小事被抓了，被关进监狱里。

他贿赂了狱卒，让狱卒好吃好喝地伺候他，然后白天在监狱里养精神，到了晚上，他就用缩骨功，挣脱了脚镣，捅开大门，出去行窃，等天快亮了再回来。

他为什么这么干呢?

因为自己已经在监狱里了，外面再发生行窃案，大家就不会觉得是他犯的，这就叫作灯下黑！

他在监狱里住了一个单间，狱卒每天好酒好菜地伺候着他，而且每天要给他买几份报纸，尤其是报道“蝙蝠书生”的报纸，自己看着美滋滋。

他倒也不爱财，只盗位高权重的大户，而且劫富济贫，偷到钱财后，随手就丢给了穷苦人家，也算是个侠盗。

有一天，他发现了一件怪事，报纸上报道京城一个大户人家失窃，损失惨重，而且闺房里留下了几句艳诗:

开窗秋月光，灭烛解罗裙，含笑帷幌里，举体兰蕙香。

侠盗黄诗，这明显就是这个“蝙蝠书生”作的案。但是他却晕了，因为这件案子虽然很像他，却不是他作的。

他觉得有些不对劲儿，就连夜跑出去查了查，结果这一查，却发现了一件很荒唐的事情。

原来这户人家的大小姐是一个很有侠义精神的人，她看到乱世纷争，民不聊生，就劝自己父亲散尽家产，救济穷人。

他父亲觉得她不可理喻，给她关了起来，于是她就联合几个下人，做了一个“贼喊抓贼”的戏，秘密把自己家财产转移到了外面，救济了穷人，最后把事情安在了“蝙蝠书生”身上。

这“蝙蝠书生”见那姑娘有趣，也是暗生情愫，但是两人差距太大，最后还是将这份感情埋在了心里，只是在暗处默默保护她。

后来，这个姑娘身患恶疾，金石无效，最后被送到北京一座寺院里祈福，其实也是等死。

他就偷偷翻进庙里，陪着她。

这时候来了一个小和尚，告诉他：“这姑娘为救一只猫，被天雷震伤了心脉，非人力所能救了，要想救活她，除非是圣物。”

他就问小和尚：“什么是圣物？”小和尚就告诉他，北京有一个北海，北海后面有一座白塔。这白塔当年是修来镇邪的，地宫里藏着一部血经。这经是顺治皇帝亲自书写，墨水是用的大喇嘛的精血，经书旁还有两枚佛骨舍利，这血经就是圣物。

蝙蝠书生就拱拱手，说：“大恩不言谢，以后有什么差遣，风里雨里，只管呼唤一声。”小和尚就笑了，说：“不要多，以后你每次让我一步棋就行。”

这个蝙蝠书生就去白塔盗宝了，也就是开头我们说的那一幕，成了震惊一时的飞贼。

我赶紧问谷师父：“那最后呢？”谷师父说：“圣物到手，自然百病消除了。”

我说：“不不不，我是问，他和那个大小姐最后在一起了吗？”谷师父就笑了：“哪有那么容易的。”

我也感慨，确实不容易。

我又想起了一个事情：“这人也是高人了，那他为什么要来这里呢？”谷师父就笑了，说：“英雄难过美人关啊！”

我搞不明白了：“咱们这里哪有美人啊？老太太倒是有几个！”谷师父说：“那你就好好想想吧。”

我一拍大腿，站了起来：“是村头那个养猫的孔四小姐！”谷师父点点头，当年伪装蝙蝠书生偷的那户人家，就是孔家。后来四小姐隐居在这里，他也跟着来了。算一算，差不多五六十年了啊！

我也感慨，这还真是一个古典时期的爱情啊！

我又问他：“他一个飞贼，为啥和那个白衣人关系那么好？”谷师父说：“当年那个小和尚，就是他了。”

我更加感慨了，这些传奇人物怎么都来了这个鸟不拉屎的地方？

谷师父拿着一个小铜钟（这个铜钟还是我送他的），照我脑袋上就是一下，说：“你懂个屁啊！这里是太行山北，拒马河南，北京正南方。知道啥叫坐北朝南不？这里就是南！”

我说：“也是，这叫风云际会，英雄聚首。所以嘛，我也来了。”

谷师父说：“那个，那个，你们写文章讲究这个凤头，豹尾，中间那个叫啥？”

我说：“猪肚。”

谷师父一敲铜钟：“对，你就是那个臭猪肚！”

我：“……”

峨眉山高人

这个故事发生在峨眉山。

因为我母亲住在成都，每年总要去几次。去成都，总要去乐山看看大佛，然后去峨眉山住几天。

我去峨眉山，从不上山，都是在山脚下走走，看着苍天巨树、深涧溪水，慢慢走走，路边有不少农家小馆，都很有趣。

那一年，我在山脚下的小饭馆吃饭，点了一大桌子菜，小老板一直在惊呼："点多啦，吃不完！"

旁边有个小老太太走过来，问："豆花多少钱？"老板说："三元！"小老太太眉头一皱："咋那么贵？！"扭头就走。

我忍不住哈哈大笑，觉得这才是生活。

旁边一个小老头在喝酒，他穿得很普通，看着就像一个普通村民，喝的是当地的猕猴桃酒，喝得悠悠哉哉的，没要菜，就这么干喝。

我看他有趣，就问他："这酒好不好喝？"他说："不好喝。"

我奇怪了："不好喝，为什么还要喝？"他就笑："酒的好坏，在于你是以什么心情喝下它。一个人若是满怀痛苦，纵然是天下无双的美酒，喝到他嘴里也是苦的。"

这句话就很有意思了，因为这是古龙先生说的。

我有些好奇，一个老村民，也读古龙吗？

我就邀请他过来一起喝酒。他摇摇头，说算了算了，自己就是个俗人，酒色之徒，还是自饮自乐罢了。

我就笑，也用古龙的话问他："是好色而无胆，好酒而无量吗？"他也笑了，说坐过来可以，但是我要先喝一口他的酒。

然后我们就喝起来了，从下午喝到天黑，喝到群山都朦胧了，仿佛一匹巨兽，虎视眈眈地看着我们。

他喝到兴起，就叫："老板，拿蒲草来！"老板一直在旁边候着，这时就赶紧进屋，拿了一把干草。

真的是一把晒干的草！他伸手接过来，将干草在酒桌上一撒，仔细看了看，然后说了一句："出门左转，见溪直下，走到小山脚下，它就在那里。"

老板听完后，又问清楚了每一个字，恭恭敬敬记下了，然后赶紧打电话，让人按照这个路线去找了。

我有些不明白，问他这是什么意思？那人就笑了，说自己是研究周易的，他们家的牛走丢了，请他算一算，小道而已。

大约过了半个小时，老板匆忙跑过来，连声道谢，说："蒙先生，感谢感谢，那蠢牛已经找到了，就趴在山脚下水边睡觉呢！”这个蒙先生挥挥手，毫不在意地说：“找到就好，找到就好！”

老板就问：“那个谢礼要怎么办呢？”蒙先生问我：“这酒怎么样？”我说：“不错。”

他就笑了：“晚上要不要继续喝？”我哈哈大笑：“佳人不可唐突，好酒不可糟蹋，你虽然不是佳人，但是我喜欢你这个酒色之徒，今晚不醉不归！”

他点点头，对老板说了声：“谢礼就算了，让人抬两箱酒去我家！”说完，他把扇子往身后一插，背着手，悠悠哉哉出门走了。

我赶紧丢下几张钞票，让老板打包点儿小菜卤肉。老板连连摆手，说能有机会给蒙先生送酒菜，是烧高香求来的，哪能要钱呢？然后急忙招呼儿子，赶紧打灯笼，送送蒙先生啊！

年轻的儿子打着一盏灯笼，引在前方，山路纵横交错，合抱粗的古松遮天蔽日，远处几点灯火，颇有古意，就像《水浒传》里的场景。

我有些好奇，这个蒙先生又是什么身份呢？他那个蒲草算命，又是怎么回事呢？

走了大约半个小时，终于到地方了，不是什么隐者的草庐，也不是什么别有洞天的神仙洞府，就是普通的民居，院子里甚至还有锄头、铁锨、拴牛石，以及一棵很大的枇杷树。

那时正是五月初，枇杷正熟，我们摘了一些，在井水里洗干净了，就着下酒，然后聊古龙。

我说，我最喜欢陆小凤，四条眉毛的陆小凤，爱喝酒，朋友多，好热闹，看似对什么都毫不在意，其实用情极深，是一个所有人都想要的朋友。蒙先生就感慨，说陆小凤啊，能让所有人都喜欢，他年轻时肯定吃了很多苦。

这句话很突兀，仔细想想，还真是。所谓的举重若轻、毫不在意，背后隐藏了多少刀光剑影、生离死别啊。

他说，金庸聪慧，古龙情深。喜欢古龙的人，多是用情深的，这种人啊，往往事业上不成功，但是可以做朋友。

然后他问我，想不想听听他的故事？

他说，他是广东宝安人。他小的时候，那里流传着一句话："宝安只有三件宝，苍蝇、文字、沙井蚝。十屋九空逃香港，家里只剩老和小。"

他还是个小娃娃时，家人就把他丢在池塘里，让他抱着木头桩子练游泳，大人们说，好好练游泳，游到香港赚大钱。

是的，大陆当时太穷了，几乎所有人都拼命往香港冲，大家觉得去了就是大鱼大肉，就是灯红酒绿。

他在十几岁的时候，就跟着家人偷渡去香港了。

当时偷渡过去，有两条路，一条是水路，就是抱着游泳圈、泡沫什么的，从红树林那边游过去，一个多小时，就能游到那边了。

这条路最常见，也最危险，因为边防会开枪，打死了很多人，尸体漂浮在海里，最多时有上百具尸体在那里。

还有一条是陆路，从梧桐山那边“扑网”，扑过边防网，就到香港了。

那边也很危险，因为有狼狗。后来有人就想了一个办法，找动物园的饲养员弄点儿老虎尿抹身上，狼狗就不追人了。

偷渡过去后，军警在各处抓人，他们就藏在一座叫华山的小山头上。

当年的香港人啊，真的是很好的，香港市民知道他们躲在山里，都去给他们送吃的，还把他们送到市区的华人区等，甚至好多警察也偷偷帮他们。

他们到了香港之后，只能糊盒子、缝袜子，混口饭吃，住在贫民窟的笼屋里。

他说，后来他看陈小春演的《古惑仔》，就觉得特别真实。陈小春也是从大陆偷渡去香港的，他是真正住过笼屋、混过社团的，所以才能演出那种天不怕地不怕的社团气质来。

当年的香港就是这样，一切都是生机勃勃的，也是混乱肮脏的，黑社会横行，警匪勾结，你根本没得选，要么被人欺负死，要么欺负死别人，所以他也跟着加入了社团，开始混社会。

他加入社团的起因，是父亲跟人发生口角，被人打死，然后母亲跟别人跑了。也因为这个原因，他有些自暴自弃，出手狠辣，而且比较会做人，后来就混出了一些名气。

他说，不管做什么行业，学会做人最重要。好多人说，现在的明星不如那些老香港明星情商高。其实啊，好多香港老牌明星都是洗头小弟、社团小混混出身，要想从底层混出来啊，首先就要学会做人，要不然根本就活不了。

他说，他开始在香港混，后来就去了澳门，跟崩牙驹。崩牙驹当年在澳门非常厉害，甚至自己出钱拍了一部自传体电影《濠江风云》，自己当时还演了一个小角色，群演都是他小弟。

1999 年，澳门回归，崩牙驹被抓了，蒙先生也进去了，被关了一段时间，就放出来了。

他当时被放出来的时候，刚三十多岁，钱有不少，名气也挺大（黑道上），女人也有不少（当时跟他的一个小姑娘，后来甚至成了大明星），而且见多识广，可以说该享受的都享受过了，大世面也见过了，突然就有些心慌了。

最开始，他只是觉得有些无聊，年纪轻轻的，又有太多的钱，人生要怎么过呢?

接着就开始丧气，觉得混到崩牙驹这种地位又怎么样，还不是说崩就崩了，人生到底要做什么呢?

他开始恐慌，一闭眼，就仿佛回到小时候他母亲离开他的场景，然后就开始恐慌，整夜整夜睡不着觉，开始是害怕，最后是绝望。

他成天什么都不做，就在那里想，越想越害怕，就魔怔了。他朋友以为他失踪了，砸开门进来，发现他跪在客厅里，两眼发直，已经瘦成了皮包骨。

他也觉得自己不行了，开始到处找人看，西医、中医、玄医，各种传说中的高人，他挨个儿去拜，不过都没啥用。

后来有个大师告诉他，人生没有真正的绝望，也没有绝对的黑暗和光明，只要生命还在，诚心忏悔，人生就可以从头来过。

大师告诉蒙先生，每个人都有自己的道，他的道在西南，需要他自己去寻找。

他开始诚心忏悔，弄了一个日记本，开始一件一件回忆，当年自己做过的错事、害过的人，然后挨个儿寻找。还活着的人，就给他钱，希望可以弥补当年的过错；死掉的人，就给他们做超度、立牌位，向他们家人诚心悔过，希望他们可以心安。

做完这些后，他的钱也捐得差不多了，他就去了内地，去寻找自己的道。

他先去了西藏，然后是青海，最后到了四川。

峨眉山是他最后一站了。当时他已经非常疲惫了，也绝望了，所以他决定从峨眉山金顶跳下去。

结果他在山脚下吃饭时，遇到了一个高人。那个高人是一个赤脚医生，背着一个医箱，在田间地头给人看病。

当时有个病人被人抬过来，躺在门板上呻吟，病人肚子很大，像个孕妇，痛苦不堪，希望医生救命。

高人看了看这个人，说这人命悬一线，凭医术是不可能救回来了，如果家人愿意试试，那就试试玄学的办法吧。

家人赶紧问，玄学要怎么试？高人指了指身后的小山坡，说让他从小山坡上滚下去，他停在哪里，就把他身下的草药找出来，给他煎服即可。

他在旁边听了，觉得这真的是胡扯蛋，这不是谋财害命嘛！但是病人家属却深信不疑，按照高人的说法，把病人从小山坡上推了下去，然后胡乱拔了草药，让医生给他煎服。

那人原本就病得要死了，连嘴都张不开了，就拼命撬开，给他灌了草药。没想到喝下去没多久，那人哇哇直吐，最后甚至吐血，血水中有几条大虫子，狰狞无比，在血水里翻滚。

家人才明白，原来腹大如鼓，是因为这几条大虫子，赶紧向医生拜谢。

他也暗暗称奇，等到人走了，才虚心向医生请教。

这个医生告诉他，他其实不懂医术，他是研究周易的，按照周易的说法，万物都有因果，所以这人看似随意滚下山坡，其实也暗合天意，所以压倒的草药可以救他。

那人举了一个例子，古人说，毒蛇洞窟三尺内，必有仙草解药。

这个听起来很玄乎，其实是因为蛇窟外常有蛇毒，久而久之，洞口的草就有了抗药性，可解蛇毒，这和血清的道理一样。

蒙先生才发现遇到了高人，赶紧求他救命。那人却告诉他，心病只能自己解，谁都救不了他，不过可以教他如何学周易。

于是蒙先生就拜这个人为师，开始研究周易。但是对他这种不学无术的人来说，研究晦涩难懂的周易，简直就是不可能的，他不管怎么搞，都搞不明白。

这个人就告诉他，研究文化不能这么功利，要慢慢来，既然不喜欢周易，就先研究一些自己喜欢的东西吧，万溪终到海，都是殊途同归。

他找了半天，发现什么都看不下去，唯独对古龙的小说很感兴趣，于是就开始读古龙的小说。

偶尔他也会去和那个村民，就是指点他入门的那个人交流。那个人说，自己也是略知一些皮毛，就这点儿皮毛，也是祖上的一点仙缘。

他说，他祖上年轻时想修仙，到处寻访高人，后来就去了峨眉山。他在峨眉山拜访了好多修行人，这些人都说，真正的高人不在这里，而是在红尘中游戏人间。只有他们这些看破不了尘世的，才会躲在这里修行呢！

他们就指点年轻人，让他去秦淮河上找那个真正的高人。年轻人就去了秦淮河，发现秦淮河上纸醉金迷，六朝金粉，完全没有修行的意思。而大家推荐的那个高人，却是一个左拥右抱、喝得烂醉如泥的年轻人。

他就下拜，问高人如何修行?

高人喝得醉醺醺地问他：“会喝酒吗？”他摇摇头，说：“我自小立志修行，是吃长素的，酒更是一滴也未沾过。”

高人就摇头，说万法都是空，一切皆虚妄，你连虚妄都不知是何，如何看破呢？来，喝酒，喝酒！说完就让几个歌姬去劝酒，他推不过，只好勉强饮了几杯，最后不胜酒力，醉倒在香案上。

等他醒来后，发现高人端坐在船头，正在钓鱼。不过他钓鱼的鱼钩，却是一枚直钩。

他忍不住提醒，说直钩哪能钓到鱼？高人却说，谁说直钩钓不到鱼了？说完手一抖，一尾金色鲤鱼挂在鱼钩上，活蹦乱跳出来了。

他很惊奇，想上去细看，高人手一抖，那尾鲤鱼又跳回了秦淮河。

高人就问他："看懂了吗？"他点点头："懂了。"

高人就问："懂了什么？"他说："您的意思是，只要心心念念，直钩也能钓到鱼。"

高人就给他脑袋敲了一下："笨蛋！"

他又说了几个答案，都不对。

最后，他揉着脑袋问高人，到底是什么意思？

高人就说："那尾鲤鱼是我养的，我只要让它跳上来，它就跳上来，跟鱼钩压根没关系。"

他："……"

他跟高人待了半年，酒也吃得，美色也经得，最后仿佛什么都没学到，仿佛又学到了一些东西。

半年后，他若有所悟，决定回去了。

回到峨眉山，那些修行的人问他，有什么所得?

他有些羞愧，说只是跟着高人吃吃喝喝、玩玩乐乐，并没有什么所得。

别人都很羡慕。

一个人说，他跟着高人修行了半年，砍了半年的柴。

另一个人说，他跟着高人修行了半年，陪高人下了半年的棋。

后来大家说起来，这个高人的长相，也都各有不同，有人说他是一个羽扇纶巾的中年道人，有人说他是鹤发童颜的老神仙，但是他看到的却是一个俊朗的白衣少年。

到底哪个才是真正的高人呢? 他们也很怀疑。

后来，他也去了峨眉山上悟道。悟了好多年，他才明白，修行嘛，不是要默守成规、苦思苦熬，而是要举重若轻、随心所欲。

后来他在周易上偶有所得，也是因为修的是这份意境。

蒙先生就很感慨，说不知道那个高人师承自谁，到底是哪里的老神仙?

那人就说，据说他来自昆仑山的隐世门派金门，排行第八，地位超然，号称“金门归来不拜仙，八王归来不入门。”据说是金门里最散淡潇洒的一个人。

这个黑道大哥和他谈后，也是心有所悟，开始随便读一些古龙的故事，没事也研究研究周易。

后来，他慢慢领悟了好多周易上的话，研究了十几年，终于有了一些发现，尤其是在蒲草算命上，还比较有心得。

他算命不看八字，也不看面相，随心所欲，突然心情好了，随便拿几株蒲草，往桌子上一撒，各种命数，都是清清楚楚的。

不过他很少算命。他说，人的一生基本上都是确定的，玄能救命，不能改命，算了也没用，索性随它去吧。

他算命不收钱，只需要一些简单的谢礼，几瓶酒、一箩桃子、一盆兰花即可，因为命不能白算，恐沾因果。

因为他算得准，好多达官贵人都来找他，他就偷偷溜走了，最后烦不胜烦，干脆跑到山脚下隐居来了，像一个普通村民，日出而作，日落而息，活得坦坦荡荡的，非常潇洒。

他说，人不能有所求，你一有所求，心就不平静了，心不平，就算不准了。

但是人生在世，怎么会无所求呢？他喝多了，告诉我，他也不是真的无所求，譬如喝酒，譬如好色，村口有个小寡妇，颇有姿色，开着一个小酒馆，他就常常光顾，偶尔喝多了，还口花花调戏别人两句，让我别笑话他。

我说，怎么会？做一个俗人，贪财好色，可是我毕生的追求！

他也哈哈大笑，说大俗大雅，才是真人啊！然后他又小声跟我说，下次别带你老婆来，我带你去小寡妇那边喝酒去！

我赶紧咳嗽几声，拼命转移话题，让他给我算一卦。

他哈哈大笑，说请我喝酒之前，早就给我算过了。

我赶紧问他：“那你快说说啊！”

他却笑而不答，只是说时候未到、时候未到，然后就劝我赶紧喝酒、喝酒，何以解忧，唯有杜康啊！

半截子蒋

这个故事，源自我童年时的一段经历。

现在算算，已经快三十年了。

那时我才六七岁，被送到了我姑姑家，苏鲁豫皖交界处，微山湖畔一个很破的小渔村。

那里是传统的湖区人家。大家很难想象，那是一个多么贫苦的地方。低矮的屋子错错落落盖在湖边，湖边地势低，每年夏天涨了大水，湖水会淹上来，倒灌到家里，能淹一米高。

是的，很难想象吧，湖区人家，每年房子要被大水淹掉三个月。

每年暑假，当地人都要像逃荒一样，在一溜高高的河堤处（当地人叫“高头”）搭上棚子，对付着住，等大水退了再回去。

等大水退了，墙壁上的水渍有一米高，墙上黏着拳头大的蚂蟥，有时候墙脚还有脸盆大的癞蛤蟆，眼睛是血红色的。

现在想想，这真的是一件极不可思议的事情：既然每年都被水淹，为何不换个地方盖房子？或者干脆搬离这个地方呢？他们好像从没有过这种念头，反正祖祖辈辈就这样生活，那就继续这样生活吧。

我姑姑是跟我姑父嫁到这里的，也因为这件事情，她和家族闹翻了，所以我当时被送过来，也有家族和她缓和一些关系的意思。

我们的日子过得贫苦，成天吃黄金塔，就是玉米面窝头，就着腌得极咸的臭豆子，汤嘛，就是刷锅水，吃得我成天胃酸。

好在这里很有趣，有淳朴快活的小伙伴们、传奇又神秘的老师、扎着大辫子的傻乎乎的小姑娘。我们每天尽心思逃课，去湖里洗澡、捉鱼、掏龙虾、钓黄鳝、采莲蓬，夏天坐在高高的凉棚里看西瓜、捉刺猬，秋天在金灿灿的田野里割麦子，割麦子时能捉野兔子，打麦子时通宵干活，晚上可以喝成的汽水，炖一大锅兔子！

哎，童年多么美好啊！

我在这里遇到过许多奇人，其中一个就是下面要讲的半截子蒋。

半截子蒋，是真的半截人。他大腿根以下全部截肢了，只剩下了上半截身子，他从上海定制了一台很高级的轮椅，电动的，可以用手操作。他这个轮椅很高级，甚至可以开到湖边，和我们一起钓鱼，简直就是冲锋陷阵，如履平地。

我一直很好奇，他为什么会有这么高级的轮椅？他的下半截身子怎么消失的?

那就不知道了。

湖边有一块荒地，是个乱坟岗子，荒草丛生，常有大蛇游窜，平时少有人去，他就住在这里。

乱坟岗子长了许多桑树，都特别高大、光滑。每年春天，桑葚子成熟了，他就开始招呼我们，让我们给他采桑葚子，他用鞭炮跟我们换。

我们搂着很粗的树干，一蹿一蹿爬上去，把桑葚子一把把丢下来，他在底下用一块白布接着。

很快，树下下了一场场“桑葚子雨”，白布被染成了紫黑色，半截子蒋也笑得咧开了嘴。

他要那么多桑葚子做什么?

没有人知道。

有人说，桑葚子是壮阳的，可是他一个半截子没用啊！

还有人说，他用桑葚子做药，他不是神医嘛，这是在弄成仙的神药。

有一次，我路过他门口，发现他鬼鬼祟祟的，把桑葚子往荒坟上一把把撒过去，嘴里还念叨着什么。

他看见了我，跟我做了个嘘声的手势，告诉我，这荒坟里有一条大白蛇，这白蛇爱吃桑葚子，所以他要用这个给它引出来。

他告诉我，白蛇是很罕见的灵蛇，人吃了蛇肉后，可以听懂蛇语（后来我发现国外有篇童话也有类似的说法，说吃了白蛇肉，可以听懂鸟语）。

我当时觉得他神神叨叨的，也没理他，很快就走开了。

一直到今天，我还搞不清楚，他为什么要把桑葚子撒在坟地？他是在引什么东西出来？蛇吃桑葚子吗？

半截子蒋是当地的神医，确切地说，他是个针灸圣手，会扎针，治癫症。

那时候农村得癫病的特别多。生活实在太苦了，长期超负荷的劳累、无法排遣的孤独、贫瘠的精神生活，导致好多人，尤其是女人，突然就崩溃了，说胡话，撒大疯，又哭又闹仿佛鬼附身一样。

好多人以为是撞邪了，要找什么神婆、神汉看看，其实现代医学看来，这就是一种精神类疾病，学名叫作分离转换性障碍，需要前往大医院治疗。

但是在农村，哪有什么大医院，所以只能来找半截子蒋。

他给人扎针不避人，我们小孩子也可以围在旁边看（女性患者不行，他会把我们赶走）。他扎针也神神叨叨的，要先念咒，然后两只手各拿起一根银针，两只手一起扎，唰唰几下，就扎完了。

他扎针有讲究，不多不少，一共十三针。有人说，这叫作鬼门十三针，据说出自孙思邈的《千金要方》，所扎的穴位也都以“鬼”字命名，像鬼宫、鬼信、鬼垒、鬼心，一共十三个穴位，所以叫这个名字。

这事情也挺奇怪的，你说一个半截子，又是在这种偏僻荒蛮的地方，怎么会这套上古针法呢？

那就没人知道了。

半截子蒋虽然只剩下了半截身子，但是心性还是像个孩子，爱喝酒，爱钓鱼，喜欢和我们胡混在一起。

他平时吊儿郎当的，是个奇懒无比的人。

他懒到什么程度啊？

当时隔壁村有个懒汉，买鞋只穿一次，而且从来不提，就这么趿拉着，等脏得实在不穿了，他就丢掉，再买一双。

这个懒汉听说半截子蒋奇懒无比，很不服气，就过来和他比懒。

半截子蒋懒洋洋地抬头，问他："你小子，一年洗几次澡啊？"那人说："我啊，每年也就大年三十洗一次吧。"

他问半截子蒋："那你一年洗几次啊？"半截子蒋一脸鄙视："我啊，压根儿就懒得洗！"

那人败下阵来，冷哼一声，掉头就走。

有小娃娃就问他："蒋叔，你一年都不洗一次澡啊？"半截子蒋咧嘴笑了："老子骗他的！"又说："老子这么讲究的人，一年起码洗两三次呢！"

……

他有时候连饭都懒得吃，经常有气无力的，有时候见了我们，就丢给我们一些钱，让我们赶紧给他买几十个煎包（这边的包子是羊肉馅的），一碗羊肉汤（他要加很多的辣椒油，这辣椒油是用羊油炸的，很香），他一口气吃喝完，长舒一口气，说自己又活过来了。

不过他懒归懒，真要有了病人，却比谁都积极。

有时候，我们还钓着鱼，就会来人求医。他立马精神了，把鱼竿往水里一扔，立马指挥起来，病症轻的，让人抬进屋里，病得严重的，他让人先用布条捆住手脚，然后开着他的万能轮椅，赶紧往回跑。

扎完后，他舒了一口气，然后洗洗手，继续出来钓鱼。

临走前，他会让家属准备一大锅肉粥，因为这人在床上昏睡半天后，清醒了，会特别饿，这肉粥是给病人吃的。

后来我见过很多很有名的中医，也问过他们鬼门十三针的事情。按说这个事情也不难啊，十三个穴位都在《千金要方》里标注好了，你就按着扎就行了嘛！

他们告诉我，没有那么简单，因为扎针扎进去多深多浅，是直着扎，还是捻着扎，或者提着扎，这里面区别可大了。

而且这些穴位都是人体大穴，手轻一点儿，手重一点儿，可能人就真的疯了、傻了，所以可不敢乱扎。

而且鬼门十三针多存在于志怪小说中，更多是扎鬼，不是救人。从某种意义上说，属于古代中医的“祝由科”，就是巫医范畴，那种古代技法早已失传了，现在传下来的都是皮毛了。

而且但凡是医生，肯定要懂一些医学知识，但是半截子蒋除了这套针法外，什么都不懂，是真的不懂，他自己感冒了，还要去卫生所老老实实开药。

后来有人说，有一次半截子蒋喝醉了，说了他的师承。半截子蒋说，他这个师承啊，是源自阴间，是阎王爷补偿给他的。

他说，自己原本不是个半截子，是一个正常人。有一天晚上，他喝醉了，半醒半梦之间，就觉得被鬼差给抓到了地府。有个大人物（阎王爷？）一拍惊堂木，叫道："XXX，你犯了大罪，要行腰斩之刑！"

然后几个小鬼蹿出来，给他拖到一口大铡刀上，给他腰斩了。

他当时还晕着呢，直到身子真斩断了，才疼得清醒了，赶紧说铡错啦，铡错啦，自己并不是阎王说的那个人！

阎王一听，赶紧拿来生死簿仔细核对一下，还真是错了！

这可怎么办啊？阎王就好言相劝，说你看看，这事情办的，都怪小鬼差做事情不机灵！这样吧，我们赶紧送你还魂，估计还来得及，你还是继续好好活着！我们啊，也不白斩你一刀，这样吧，我们就赐你一个本事，让你可以舒舒服服过一辈子！

他当时心想，这他娘的，谁敢不答应啊，要是不答应，那小鬼们再斩一刀怎么办？

他就赶紧答应了，然后跟着鬼差往回走，那路好像飘浮在天上，黑咕隆咚的，雾气弥漫，只在前方有一个亮点，像是一个出口。

不知道走了多久，鬼差给他往下一推，就像掉进了悬崖，他心里一害怕，大叫一声，人就挣起来了。

他这一挣起来不要紧，身体直接从灵堂坐起来了，差点儿把人给吓死。原来他已经死了几天了，正在这里停灵呢。

他跟家人说了这些事情，家人也是半信半疑，不过不管怎么样，人死而复活，总是一件好事。

而且棺材里还放了几块金锞子，也是一笔大钱。

结果家人扶起他，他却发现大腿根火烧一般疼，动都动不了，看着肉是好好的，医院也检查不出来毛病，就是疼得厉害，下肢完全不能动了。

他就明白了，原来人在阴间受刑，会反映在阳间，你在那边被斩断了大腿，阳间也一样。

他就狠狠心，卖掉了金锞子，去医院做了手术，又定做了一个高级轮椅，等全部弄利索了，金锞子也花得差不多了。

好端端一个人，突然变成了一个残疾，家人挺接受不了的，他就留下一封信，自己偷偷走了。一路随便走过来，走到这里，他觉得差不多了，就在湖边盖了个小房子，就此住下了。

住了没多久，有一次看到有人发癔症，不知道怎么回事，他脑子里突然多了一些东西，就知道自己会扎针了，而且专门治这个。

他好说歹说，人家才愿意让他试试。他连银针都没有，还是找人借的，然后唰唰唰几下，就给人治好了，从此名声大振，成了当地有名的神医。

但是这个说法并不怎么可靠，因为半截子蒋从来没有承认过。不管别人怎么传说，盛赞也好，诋毁也好，嘲笑也好，他都毫不在意，每天继续钓鱼、睡觉、吃羊肉馅的水煎包。

前几年，和一个高中同学李大通聊天，我还问起过半截子蒋的事情。

李大通说，半截子蒋啊，他早就去世好多年了。他说，半截子蒋在去世前，就知道了自己的死期，从容处理好了后事（他剩下的钱全捐给了当地唯一一所小学），跟大家说，自己先去睡一会儿，让大家第二天再去叫他。

第二天大家过去，发现他早就换好了衣服，已经死去很久了。

他死得很安详。

他没有留下任何子嗣，也没法通知他的家人，大家甚至不知道他的全名（只知道他姓蒋，是浙东人）。他一生救人无数，好多人自发赶过来给他送葬（甚至还有从国外赶回来的），好多小娃娃主动给他披麻戴孝。

他的葬礼很隆重。他葬在乱坟岗处，就是他那个破房子前，坟上立着一个碑，端端正正写着“神医蒋先生之墓”。

现在想想，蒋先生真的是一个很好的人，不谄媚，不做作，不虚伪，淡泊名利，治病救人，还有一颗童心。

他还救过我的命。有一年，我中暑昏倒在路边，被他几针扎了回来。有机会，还是要回去看看，给他烧炷香。

我离开微山湖畔已经快三十年了。

不知道蒋先生那个小小的墓碑还在不在。

邪菩提

讲到传奇中医，又想起了老毕给我讲过的一个关于金门的故事，也是关于一个神医的。

这个故事是他师父讲的，这个神医是金门子弟，排行老十，号称“半佛半魔，悬壶灭世”的“邪菩提”。

邪菩提家里十世行医，他自小精通五行医术，后来由医道入武道，拜入金门，成为金门座下第十子。也因为他悬壶济世，救人无数，被誉为“半佛”“悬壶”。

但是中医一门，少一分是药，多一分是毒，原本就是生死一念间，所以有时候中医药术，也近巫蛊妖术。

后来他为情所困，中了奇毒，有时候魔性大发，甚至会屠掉一城性命，也被称为“半魔”“灭世”。

据说他当年在昆仑山，遇到了一个少女，那少女身中神秘火毒，无法解救，他便采取五行相克之法，给她身上种下“金木水土”四种奇毒，五种奇毒相生相克，反而相安无事。

少女天真无邪，两人每日在昆仑山游玩，渐渐产生了感情。

有一日，少女突然毒发，无法救治，他将少女全身穴位封住，又用昆仑山万年寒冰将少女冻住，自己遍寻名医，希望能救活她。

他听说苗疆有种蛊术，可以活死人、肉白骨，便背着寒冰棺，远赴苗疆学习苗蛊，真将那个女子救活了。

苗蛊那种活死人的奇毒，是活一人，死一人。他将自己的生命换给了姑娘，自己便要死去了。

好在他师父赶来，封住了他所有穴位，给他强行逼毒，后来侥幸活了下来。但是奇毒入脑，人经常会发疯，发起疯来，便要杀人，清醒之后，却又悔恨万分。

他师父怕他下山害人，就将他封在万年寒窟中，想逼出毒性后，再让他下山，但是他却挣脱开冰链，不知所终。

这个故事发生的时候，老毕师父去了昆仑山找小十三，这时师门正好派小十三去寻找第十子，于是两人结伴同行。

小十三娇小可爱，却背着一个比她自己还大的木匣子。老毕师父也是一个风流倜傥的浪子，扮作一个书生，两人好似一对神仙眷侣，一路找人，也是一路游玩。

那一日，正是中秋佳节，两人来到了苏州城。

小十三久居昆仑，看惯了大漠风沙，这时看着“粉墙黛瓦”“小桥流水人家”，也觉得颇有兴致。

老毕师父瞧着小十三喜欢，便把一些苏州的民俗掌故讲给她。他说，苏州这座城嘛，讲究吃“时令食物”，每个月吃的食物都不一样，有些大户人家，老爷太太们一年到头都不出几次门，每次看看菜农送来的菜，就知道，哦，现在是什么日子了。

小十三就问，那苏州都有什么时令菜呢？

老毕师父便侃侃而谈：

一月吃八宝饭、糖年糕；

二月吃青团、酒酿圆子、春卷（这春卷咸甜都有，甜的是豆沙馅，咸的是荠菜冬笋肉丝馅）；

三月，春天到了，有刀鱼、螺蛳（螺蛳一定要吃清明前的，当地人称“明前螺，赛过鹅”）、马兰头、酒酿饼、腌笃鲜、酱汁肉、塘鳢鱼；吃刀鱼，要吃刀鱼馄饨。

刀鱼要选雌鱼，用木棒把鱼刺敲出来，然后用头茬带露水的秧草嫩头，还有刚下的鲜蛋蛋清做馅。馄饨皮要用塘桥小麦精制的面粉。这样做出的锟钝才最美味。

四月，吃香椿头、苋菜；

五月吃乌米饭、蚕豆、枇杷、青梅；

六月吃桑葚、炒肉馅团子；

七月吃杨梅、翠冠梨、酸梅汤、六月黄（这里说的六月黄，指的是阳澄湖大闸蟹的幼蟹，肉质甜嫩，可以做面拖蟹、酱油蟹、毛蟹炒年糕，“鲜得掉眉毛”）；

八月吃黄桃、鸡头米、绿豆汤；

九月吃芋艿、板栗、鲜肉月饼、银鱼；

十月吃大闸蟹、重阳糕、橘子；

十一月吃藏书羊肉、酱方、雪里蕻、荸荠；

十二月吃冬酿酒、腌肉、冬至团。

小十三哈哈大笑，说：“没想到你这笨人，倒是一个正经的吃货！”那老毕师父原本是憋宝门下最杰出的弟子，这时也咧嘴傻笑，真像一个笨人。

小十三算算，快到中秋了，看来应该吃大闸蟹、重阳糕、橘子喽！老毕师父说：“理应如此。”

小十三就感慨，说自己从小在山上，还没怎么过过中秋节呢！臭师兄们一个个只顾着练功，都没人陪她过节！

老毕师父就找了苏州有名的得月楼，给她置办了一桌上等酒席，依次上各色小菜，重阳糕、橘子自不可少，还有月饼、西瓜等应景美食，以及一篓肥蟹。

他和小十三解释，苏州这边过中秋，讲究赏菊、赏桂，吃大闸蟹，淡淡吃上一点，就去斋月宫、烧斗香、走月亮、虎丘曲会、石湖串月。这一路上啊，全是兜售点心的商贩，有桂花糕，有红菱糕，还有南瓜饼等，随处可以吃到。

小十三听他这么一说，哪里还坐得住，胡乱吃了几块爊鹅，就要出门。

外面早就人山人海了。远远望去，平江路上，整条街全是挑着花灯赏月的姑娘、太太，还有好多人家在院子里斋月，在香案上放着月饼、香斗、糖烧芋艿、白果、栗子、柿子、藕，焚香烧烛，对月跪拜。

小十三看着有趣，悄悄使出轻功，翩然过去，别人只觉得刮了一阵风，再看那香案上，果品少了一堆。

老毕师父就笑，是那种宠溺的笑。

两人雇了一条船，顺着河道缓缓开过去，许多游船画舫，女人抱着琵琶，唱着细细的昆曲，倒也颇有情调。

小十三捧着几包莲子、栗子、红菱糕，看着人群熙熙攘攘，不时哈哈大笑。

这时，街上传来口号："无生老母，真空家乡。"

远远看去，一群人端着香炉、花篮，后面是一顶巨大的花轿，几十个汉子赤膊抬着。一个女人尖着嗓子叫道："圣女降临，白莲重生！请诸位教徒，恭迎圣女！"

有个老头吼道："求圣女降下法旨！"

大家拥挤在那里，让轿子没法通过。

这时，那轿子突然亮了起来，通红绚烂，最后飘飘摇摇，竟然拔地而起，缓缓升到半空中，将那一轮圆月都压下去了三分。

众人在底下看得都呆了，眼睁睁看着这神迹。

那轿子里露出一个袅娜的身影，蒙着一个面纱，负手说道："淤泥源自混沌启，白莲一现盛世举。"说话间，花轿在天上转动，不断撒下七彩花瓣，真似九天玄女下凡，似梦似幻，鬼魅妖艳。

信徒对着花轿疯狂叩拜："白莲下凡，万民翻身。圣女降临，白莲重生！"

人群顿时沸腾了，人人争抢花瓣甘露，不少人被挤落到水里，有登徒子趁机往妇人那里拥挤，有小娃娃坐在地上大哭。

老毕师父见到这诡异的一幕，也有些紧张，问："莫非这些白莲教徒真有法力？"小十三冷哼道："什么法力？这就是一个大号的孔明灯！"

她解释，这个巨大的轿子，其实是用绸布做成的，里面有巨大的油脂桶，烧着熊熊大火，轿子里空气受热，会产生浮力，就像热气球一样升起来了。

她一挺胸脯："哼，我最恨这种臭邪教，走，我们过去给它打个稀巴烂！"

老毕师父说："对方势大，不可鲁莽！"小十三一脸不屑，说："胆小鬼！"说完，她用手一拍，身后巨大的匣子猛然打开，各式武器机关飞了出来，被她瞬间组装起来，却是一把两三米长的霸刀，狰狞暴戾，霸气无双。

她举着霸刀，连续踢腾几步，便到了半空中，举着霸刀，朝着轿子狠狠劈了过去。轿子应声而破，却又立刻合上，依旧飘在半空中。

有教徒想要追杀小十三，轿子里的人却轻轻摇头，示意不要动。

小十三扶着霸刀哈哈大笑，让轿中人不要装神弄鬼了，快下来和她痛痛快快打一架！

这时，就听轰隆一声，只见天边一团焰火冲天而起，在天上爆开，五颜六色的焰火飞溅，形成一个巨大的图案：一个老头背着一个巨大的酒葫芦，葫芦歪歪斜斜，洒出一缕酒水，酒水在天上组成了四个字——悬壶灭世。

小十三原本天不怕、地不怕，大马金刀立在那里，看到这焰火，突然面色大变，手里的大刀都差点儿摔掉。

她叫道："快跑！我十师兄来了！"老毕师父赶紧整了整衣冠说："你师兄来了是好事啊！我要好好去拜会一番！"

小十三不解释，拽着老毕师父拼命往外跑。

好多人看到漫天烟火，还在鼓掌赞叹，待那火星落下，却像一个个张牙舞爪的怪虫，怪虫钻到人身上，皮肤里，众人纷纷打滚起来，很快皮肤黝黑，变成焦炭一般。

白莲教徒浑然不怕，叫道："信我白莲，百毒不侵！信我白莲，永享安宁！"

老毕师父发现众人成片倒下，就要回去救人。

小十三则拉住他："这是我十师兄种下的蛊毒，你救不活的！"老毕师父就恨道："天下怎么会有这么歹毒的人！"

小十三说，他只是为情所困，迷失心智了，我们只要找到他，就可以了。

两人打听了一下，发现那邪菩提就在白莲教总舵。

两人一路打入白莲教总舵，就看到一个俊朗的白衣少年，满头血色红发，在专心致志画梅花。

小十三愣住，忐忑地叫了一声："十师兄！"小少年回过头，冲她温和一笑："小师妹来了？"然后示意他们坐下。

小十三很紧张，老毕师父安慰安慰她，和她挨着坐下。

老毕师父小心翼翼措辞，说了一下来意，希望邪菩提可以救治众人。

小少年温和地看着他，问："你喜欢我师妹吗？"老毕师父脸都红了，看了看小十三通红的脸，点了点头。

小少年说了声"好"，然后问："那你会为了她而死吗？"老毕师父猛然站起来："会！"

小少年看着他，突然笑了。他取出一枚药丸说："这是天下奇毒，就是当年那个姑娘中的火毒，天下无药可解。你若爱她，你就为她死吧！"

老毕师父拿起药丸，毫不犹豫要吞入口，小十三拉他不住，小少年用手轻轻一弹，一枚银针飞过，打落药丸。老毕师父和小十三相视一笑，以为小少年在试探他，逃过了一劫。

小少年却又拿出一枚药丸，指着小十三说："这一枚药，可解天下蛊毒。你若想拿走解药，就让她服下这枚毒药。"

老毕师父心里咯噔一声，这个小少年真是恶魔，他竟然让自己在小十三和给众人解毒上，二选一。

他不敢置信地说："这可是你的小师妹？！"小少年就笑了，笑得无比温柔："这可是我的小师妹啊，我最爱的小师妹，我怎么忍心让她独自去死？等她死后，我自然会自杀，陪她一起死。"

小十三看着他，一脸绝望。

老毕师父犹豫了一下，拉着小十三就走。

背后，小少年哈哈大笑，说："一念成佛，一念成魔，这世上哪有什么真佛，无非都是魑魅魍魉、罗刹恶鬼！"

小十三猛然怔住，她看了看老毕师父，凄然一笑，然后拿起了那枚毒药。

老毕师父想冲过去，小少年却手腕一抖，一枚银针将他穴道封住，让他动弹不得。

老毕师父撕心裂肺地号叫："不要啊！不要吃啊！"小十三摇摇头："我不想让你像我十师兄一样，成为一个行尸走肉。"然后她拿起毒丸，吞入腹中，接着软软地倒在地上。

老毕师父疯狂冲开穴道，拼命跑过去，想接住小十三，却和她一起跌到地上，疯狂哭号。

邪菩提也露出了悲伤的样子，说："我最爱的小师妹，竟然被我毒死了……我好难过啊……"说完哈哈大笑，疯疯癫癫，不似常人。

老毕师父一股鲜血喷出，鲜血洒在白墙上，滋润美艳，仿佛梅花点点。

他一手抱着小十三，一手拿着药丸，对邪菩提一个字一个字地说："为了一个人去死，是一件很容易的事情。为了许多人而痛苦活着，才是最难的。你，其实是一个特别可悲的人。"

说完，他抱着小十三的尸体，一步步往前走。

邪菩提原本抽出一根银针，瞄准了他后心，听到他说完这句话，突然愣住了。

邪菩提慢慢地说：“为了许多人痛苦活着，才是最难的。”他念了几遍。每念一遍，头上的发色便淡上一分，面容也衰老一分，他念了五六遍，血红色的头发已经变成白发，自己也变成了一个中年人。

他闭上眼，叫了一声：“小师妹。”泪如泉涌。

老毕师父惊喜地看着他。他却摇摇头，无比哀伤地说：“我没有骗你，那个火毒毒丸，真的无药可救。”

老毕师父抱着小十三，跪在地上号叫。

邪菩提坚毅地说：“我会给你一个交代。”然后他手一拍，飞身上马，开始追逐天上那个巨大的飘浮花轿。

那花轿终于停下，在天上缓缓转圈，似在等他。

他勒住奔马，对花轿说：“你一直在骗我。”花轿里那个姑娘叹息：“你本不该醒来，就像这些痴男怨女，做一个永远的幻梦，不好吗？”

邪菩提四处看看，发现众多信徒如痴如醉，叩拜着圣女，远处尸横遍野，一片狼藉。

血菩提摇了摇头：“你是魔。”姑娘就叹息：“是佛还是魔，无非是一念之差，有什么区别吗？”

血菩提说：“佛陀守护人间，妖魔祸乱天下，今日，我要斩魔！”姑娘就说：“我有十万信徒守护，你如何斩我？”说完，她低啸一声，地下众多信众，一个个爬起来，仿佛行尸走肉一般，朝着他缓缓逼去。

那巨大的轿子缓缓飘走。

邪菩提抓起一把白马鬃毛，朝那群人身上一撒，根根鬃毛，仿佛银针，刺入他们的各个穴位，这些人如梦方醒。

远处，老毕师父也组织人救灾，给他们服下解药，众人开始苏醒。邪菩提朝他点点头，开始飞马狂追花轿。

那花轿飘到山崖旁，终于停住，在半空中打着旋儿，往下撒下点点花瓣。那女人带着面纱，赤着双脚，在轿子里吟唱跳舞，仿佛天女。

血菩提看到山崖上有一座佛塔，他飞身下马，使出轻功身法，跃到佛塔顶上，手里捏着三根银针，和姑娘遥遥相对。

姑娘凄然一笑，点了一束火，丢在花轿里，花轿燃烧起来，噼啪作响，摇摇欲坠，像一朵盛开的火焰之花，鬼魅而妖艳。

姑娘赤着脚在火焰中跳舞，滋润美颜，仿佛地狱业火中一株火莲。她在火焰中停下，朱唇轻启："我来自苗疆，罪孽深重，神医可否救我？"

邪菩提遥遥看着她。他又想起当年在大雪山上，第一眼看到她，她就说的这句话。他凄然说："你随我去见师父，我们自愿封在昆仑万年寒窟中，永不出世，生生世世，赎此罪孽。"

她就笑，笑得俯仰众生。

她说："你是金门圣医，我是苗疆巫女，天生对立，原本就不该在一起。"

她说：“师父说，要想成为圣女，只有度你入魔。我自愿服下毒丸，以色诱你。”

她说：“人心不可玩弄，我错了。”

她说：“看到你变成这样，我很后悔，我去求师父，我不要做什么圣女，只要你能变回来。师父告诉我，你若醒来，便会杀我，所以只能让你不断杀人，永陷魔道。”

她说：“我不怕死，我只怕死后见不到你。”

她拿出一颗药丸：“这枚药丸，就是火毒解药。活一人，死一人，我原本在十年前就已经死了。”

说话间，花轿猛然炸裂，花轿带着姑娘，从半空中跌落，要坠入山崖。

邪菩提飞身救她。她却摇摇头，最后将药丸抛出，药丸和她从两个方向跌落山崖。

邪菩提心如刀割，他又想起老毕师父说的那句话。他大吼一声，喷出一口鲜血，最终冲向了药丸。

姑娘跌入山崖，消失在迷雾中，露出了最后一个凄美的笑容，将面纱缓缓解开，露出了一张骄傲而美艳的面容，永远消失了。

邪菩提跪在地上，撕心裂肺一般惨叫。

一缕面纱，从山崖下飞出，慢悠悠地飞到苏州城上，落在小十三脸上。

微山湖高人

现在想想，我小时候住的那个小渔村，还真是一个卧虎藏龙的地方。

那里是苏鲁豫皖交界处，民风极其刚烈，三教九流，鱼龙混杂，有隐士，有阴谋家，有神经病，有邪教头子，反正什么鬼玩意儿都有。

所谓一方水土养一方人，想知道一个地方的性格，你看看当地的饮食就知道了。

这个地方的菜极其刚烈，菜里都是大段大段的干辣椒，加很多姜，很多醋，伏天吃伏羊，就是最热的三伏天喝滚烫的羊汤，汤里要放很多胡椒粉，飘红，上面厚厚一层辣椒油。

这里的辣椒油是用羊油炸的，放在乳白色的羊肉汤里，红彤彤一层，还漂着一些辣椒籽，又香又辣，喝一大口，又热又辣，出一身大汗。

这里老人常讲，什么是有钱人？有钱人就是，“吃香的，喝辣的”。我当时很不理解，吃香的可以理解，喝辣的是什么意思呢？后来明白了，原来指的是酒，白酒不就是辛辣的嘛！

不过现在想想，那些加了羊油辣椒的羊肉汤，大冬天喝一碗，热辣香嫩，也不错。

这里也有许多奇人。

现在想想，最神秘的反而是我小学时的班主任。我早就记不清楚他的名字了，只记得他是个秃头，还是最尴尬的地中海发型，他上课教学，下课拉粪（农村种地要浇粪），是一个沉默寡言的小老头儿。

那时候，我们这个村子的教育方式非常野蛮，老师教育学生的唯一方式就是打，各种打。

拎起来打，用棍子打，用月季花枝打，用板凳腿打，用荆条打，花式暴打，打得你浑身尘土飞扬，打得你眼冒金星，打得你头皮上钉满了月季花刺。

现在想想，我们那一代人，都非常皮实，估计是从小就锻炼过了，只要熬过去的，都是好汉。

一直到现在，我还觉得老师都是那种梁山泊好汉一般的人物，一度还很幻想当个老师。后来听说现在老师都被学生追着打，顿时幻灭了。

你别看我们学校破，可有很多神一般的教师。

有一次，有个北京 x 中的毕业生跟我说，说他们物理老师特别牛，会自己做收音机，厉害得几乎要肉身成仙！

我当时就想，你见过甚啊？！哼，我们物理老师，一边给我们上课，一边在底下摆弄各种显像管，他在自己组装电视机！

真的是电视机！

他捣鼓了大半个月，有一次上课时给我们试了试，竟然放出了当年最火的《霍元甲》！我们简直惊讶得要原地爆炸了。要知道，当时全村都没有一台电视机！

我们每天都眼巴巴等着上物理课，催着他赶紧讲完，然后放十分钟电视剧。一直到现在，我一想起物理，脑子里就开始回荡那首著名的主题曲："昏睡百年，国人渐已醒……"

很多年后，我才知道，原来这个老师毕业于某名校的天才班，后来因为某些原因，才被下放到这个小村子。

我们的语文老师，则很呆萌。他很害羞，每次讲课前，都要先握住拳头，轻轻咳嗽几声，然后开始小声讲课。

他讲课时声音很小，而且口音很重，我们在底下根本听不懂，不过他倒也不在乎，自顾自讲自己的，讲完就走，丝毫不考虑我们。

他很注重仪表，白衬衫领子总是干干净净，身体挺括结实，戴副金丝眼镜，头发梳得整整齐齐的。

有人说，他是上海知青，后来为情所困，所以没有回去。但是这个说法，我们都不太信。因为他老婆是一个满脸麻子的凶悍女人。

有一年大夏天，他裹着一个严严实实的围巾讲课，天很热，热得他头上几乎要冒白烟，满脸通红，我们都担心他随时会燃烧起来。

后来他老婆冲进来，一把抓掉他的围巾，然后给了他几个大耳刮子，一只脚踩在凳子上，叉着腰骂他。

我们才发现，原来他脸上被老婆抓破了，难怪要围围巾！

他破了相，被老婆痛骂，又被我们嘲笑，后来竟然哭了，最后捂着脸跑了出去。

我突然很难过，这样一个斯斯文文的上海小男子，到底经历了什么呢?

第二天，他继续围着围巾来上班了，还是那种羞怯的样子。

那节课，是讲一首古诗词。他操着上海普通话，连续念了好几遍，念得摇头晃脑的，很得意。

他说，诗的美好，在于意境，在于音律，在于文字。文字之美，难以言喻。现代人嘛，偏要去解读诗歌，反而破坏了意境美。这节课，我们不讲了，大家多读几遍吧，好好感悟感悟诗歌之美、文学之美。

现在想想，这个老师还是挺厉害的，文学这种东西，确实很难解读，只能自己慢慢品味、慢慢悟，突然有一天，就豁然开朗了。

不过他们这些人加起来，都不如我那个倔强的秃头班主任厉害。

我的秃头班主任啊，他昂着那一颗倔强的地中海秃头，身子总是前倾着，眯缝着眼，这是经常拉大车的姿势。

在当时，农村有一种架子车，当地叫平车，原本是牛拉的，但是好多人养不起牛，就用人拉。

我的秃头班主任，每次放了学，就拉着平车去各处拾粪。所谓拾粪，就是清理学校、村子里的旱厕所。在当年啊，没钱买化肥，这些是很好的肥料，可以放在地里增肥。

我们放了学，在路上打打闹闹，就看见我们望而生畏的秃头班主任，像头毛驴子，顶着地中海头，倔强地拉着一辆大粪车，昂着头往厕所跑。

那一幕场景，直到现在，还让我历历在目。

我这个班主任是教《自然》的。我们当年上小学时，有一门学科叫《自然》，是一门副科，不知道现在还有没有。

《自然》是一门比较闲的课，他按照教科书随便念一遍，就开始和我们讲故事。

是的，他的爱好是给我们讲故事，他用胳膊支着脑袋，眯缝着眼睛，半睡半醒的，随口给我们讲一些乱七八糟的故事。

他讲的可不是《水浒传》《西游记》，他最喜欢讲的，是一些特别离奇的传说和秘闻、鬼怪传说，其中他就讲过金门。

他讲得最多的，还是徐州。

他说，徐州这个地方啊，比较邪，以前的九州之一。新中国前，天下大乱，徐州那边全是老坟圈子，一座挨着一座，晚上就有山精鬼怪出来吸阴气，人遇上，就完了。

以前的老九州啊，没有一个省油的灯，都有高人镇着的，生怕放出去什么东西。

他说，中国有许多隐世的秘密门派，譬如昆仑山上的“金门”，他们不问世事，默默镇守九州。

他说，古代九州都封印着阴城，阴城大门都有巨兽看守，比如卡车那么大的巨龟，还有用龙牙钉封住的邪地。

这龙牙钉，是龙的牙齿打磨成的，有几尺长，坚硬无比，钉死在九州的阴城入口处。

他说，当时打仗时，有人挖走了龙牙钉，所以阴风四起，大雾弥漫，好多妖魔鬼怪全出来了，当时人都吓死了，哪还敢打仗啊?

战役后，好多高人连续做了半个月的法事，在地下埋了无数的法器，才重新封住了阴城。

这个老秃子，貌似谦恭，其实骄傲得很。

有一年，校长请来了一个很厉害的人物，一个古观的老观主，老得眉头都是雪白色的，给我们做报告。

说来也奇怪，老道士来我们学校做什么报告啊? 但是让我们听，我们就听呗。

大家搬着小板凳，去了操场，没一个人在听，都在比赛用手挖地洞。我们班主任走过来，在底下听了听，低声说了几个字：“一派胡言！”说完，他背着手就走。

那个老道长看见他，很激动，立刻站了起来，报告也不做了，扯着道袍追着他。

我们就看见他在前面背着手，慢悠悠地走，老道士在后面紧赶慢赶，却怎么也追不上他，急得差点儿跌倒，把我们都笑炸了。

那个老道士到底是怎么回事，又为什么会追他？在他讲故事时，我们也问过他，他只是模模糊糊地说，那个古道观，以前欠他一个人情。

当时我们还小，还不能理解这句话的含义，就觉得一个老头子追他，还挺好玩的，他也嘻嘻哈哈几句话就扯过去了。

现在想想，那可是中国四大古观之一啊，观主都是活神仙一般的人物，什么样的人，才能让一座千年古观欠他一个人情啊！

那就不知道了。

这个秃头班主任没儿没女，只有一个孙子。这个孙子是一个瘳瓜瓜，头特别大，说话流口水，是个傻子，经常跟在他身后。

他儿子、媳妇去哪里了？

那就不知道了。

他讲课、种地、拾粪，拼命赚钱，都是留给孙子治病的。按说瘳瓜瓜这种病都是天生的，类似小儿麻痹，娘胎里带来的，这种病怎么能治好呢？

但是他却给治好了。

他每天给孙子熬药，带着孙子去学校，教他用毛笔画东西，偶尔还画一些符纸，贴在他额头上，让他在正午时分对着阳光站会儿。

他那个孙子，开始什么都不懂，就知道痴痴傻笑，嘴角流口水。后来看着看着，眼睛渐渐就亮了，人也慢慢机灵了，最后就像个正常人了。

后来，他就消失了。

他走的时候，除了小孙子，只带了一个小本子。那个小本子里面记得密密麻麻的，还是毛笔写的，看着像鬼画符，谁也看不懂写的什么（他教孙子写字，也是用毛笔，也是这种鬼画符）。

走之前，他给我们每个人鞠了一躬，诚诚恳恳，说要感谢我们。然后又让小孙子给我们磕头，极正式的磕头，走一步，退两步那种，磕了很久。后来我才知道，这是极庄重的三跪九叩大礼，是最贵重的礼节了。

然后他就牵着小孙子的手走了，走得悠悠哉哉的。

我这个神秘的秃头班主任，从此就消失了，以后再也没有人见过他。

后来，我们聊起他，有人说，他以前是道士，后来当兵了，因为杀气太重，所以儿女死绝，就剩下一个傻孙子。

他之所以给我们每个人鞠躬，让孙子给我们行三跪九叩礼，是借我们每人一口聪慧气，给他孙子换脑子，换完了脑子，人就彻底清醒了。

但是他具体是什么人，没有人说得清楚。

现在想想，还是挺传奇的。

微山湖水怪

写这个故事的时候，我已经去了苏州创业。

我苏州的院子外，有两棵树，一棵是桃树，另一棵也是桃树。

桃树结了好多青桃，经常有一群白头翁过去啄食。我的书房飘窗正对着两棵桃树，我躺在飘窗上读书，就看见它们蹲在树上，好奇地看着我。

白头翁是灰背、黄绿腹，叫声婉转，格调比麻雀高，不像麻雀灰头土脸的，叫声也单调，让人看不上。

我很喜欢白头翁，它们让我想起在微山湖畔度过的童年。

那时候，我姑姑家院子里也种了棵无花果树，每年夏天无花果成熟时，都有一只白头翁来啄食无花果。

我制作了好多陷阱，鸟笼、黏网、踏盆，想抓住它，却怎么也抓不住，急得我姑姑家的老猫喵喵叫，拼命用大尾巴蹭我。

它得意扬扬地站在树枝上，慢条斯理地梳理羽毛，几口啄开无花果，吃掉最甜蜜的部分，然后骄傲地飞走了。

后来，我离开那天，它仿佛有预感，早早地就来了，没有鸣叫，也没有啄无花果，只是安静地看着我。在我背上包出门时，它突然很响地叫了一声，然后飞过来，在我头上转了几圈，飞走了。

它是在送我了。

这只诡计多端，又有情有义的小鸟，给我带来了许多美好的回忆。

有时候，我也会记起一些童年旧事，时间太久了，记忆已经模糊了，也分不清楚到底是曾经经历过，还是梦中的事情了。

譬如下面要讲的，一个鱼贩子的故事。

鱼贩子嘛，贩鱼为生，大家能想象，穿着一身橡胶的防水服，身上都是鱼鳞，满身浓烈的鱼腥味。

但是他不是。他总是穿着一身白衣，腰杆挺得笔直，单手握着一本古书，随时读读，总是若有所思的样子。

他不像个鱼贩子，更像个读书人，还是一个颇古雅的读书人。

他还有一个小伙计，那伙计驾着一辆毛驴车，车四周用苇席圈了起来，里面垫了很厚的雨布，做成了一个小型池塘，里面都是小鱼苗。鱼苗特别小，指甲大小的鲫鱼、鲤鱼、白鲢，还有极小的毛毛虾、黄豆大小的河蚌，看起来特别可爱。

我们放了学，看到他们在学校门口卖鱼，都要围过去看半天。

不管生意好坏，他从不过问，只是背着一只手，另外一只手拿着书，若有所思地读读。

你看他那闲庭信步的样子，会觉得他是在山涧、在林间，明月松间照，清泉石上流，完全不像在一个乱糟糟的马车旁，身边是活蹦乱跳的小鱼苗，还有一群叽叽喳喳的小朋友。

那个小伙计总是唉声叹气，用一个长竹竿不停往水里搅和，把小鱼苗惊得乱蹦乱跳。

我们看见小鱼被他搅得翻了白，就骂那个伙计蠢，把小鱼弄死了。小伙计气鼓鼓地瞪着我们，也不解释。

白衣人放下书，背负着双手，朗声说了句："千军万马，哪能不死伤几个？"

我当时很小，也觉得他很有气魄，这句话也很有意思。

后来，我长大一些，我爷爷给我开蒙临帖，当时临帖的第一句话，就是："每临大事有静气，不信今时无古贤。"

看到这两句话，我就想起了那个鱼贩子，我觉得所谓的"有静气"，就是他那个样子了。

我也很奇怪，看起来这么厉害的一个人，怎么会做鱼贩子呢？

他不是本地人，也不和本地人接触，只是每年来一次，卖鱼苗。卖鱼苗，在我们这里是一个很烂的生意。因为这边挨着微山湖，最不缺的就是鱼苗，况且鱼苗都要分类卖，哪有他那种什么杂鱼小虾都一起卖的。

所以很少有人买他的鱼苗。

不过他也不在乎，到了晚上，他们把驴车开到湖边，把所有鱼苗放生到微山湖。他在湖边搭了一个草庐，真的是草庐，就像古代那种草庐差不多，圆顶的，上面搭满了稻草。

白衣人画了一个图纸，然后雇了几个工人，搭了好几天才搭起来。他很讲究，屋顶要用什么木料，上面的草要用什么草，多宽多厚，都不能错，反复修了好多天。

草庐建好了后，他在这里住了几天，就带着小伙计走了。

有一年夏天，他突然出现了。那一年，不知道为什么，老闹灾，先是下了好多天暴雨，接着刮台风，湖水嘶嘶疯涨，把好多人家都淹了，湖边的柳树，淹到了树腰。

后来又闹龙卷风，真的是龙卷风！

我早晨出门上学，发现路边好多老树被连根拔起，还有几座老房子被吹塌了，麦田地里吹出了一道深沟，歪歪扭扭地往前走。

大家都说，这个龙卷风有些怪，因为它绕来绕去，都在湖边，始终不肯离开，像是个活物，在找什么东西。

但是日子还得过啊，于是大家每天提心吊胆地出门，把孩子锁在了家里，不准他们出去，怕遇上龙卷风。

我那一天，闲着没事，偷偷从窗户溜了出去，想去湖边看看。

我小的时候，是一个特别孤独的孩子，总喜欢一个人坐在湖边，不管风雨，都喜欢坐在那里。

我走到湖边的时候，就发现那个鱼贩子穿着一身白衣，站在湖边，背负着双手，看着大水。

几天不见，湖水已经变了样，原本湖边熟悉的水草、灌木全都被大水覆盖了，远远望去，一片烟波浩渺的大水，看起来很神秘，还有些恐怖。

白衣人站在湖边，独自面对着大湖。

我站在他身后。

突然，起风了。那是我第一次看见龙卷风。

突然，湖面上泛起了一个涟漪，涟漪迅速扩大，像是漏了底，下面出现了一个巨大的漩涡。

漩涡越来越大，逐渐升高，形成了一个巨大的水柱。水柱越来越大，裹挟着湖水，在湖面上横卷过来，仿佛隐藏着摧天毁地的力量。

原本黑漆漆的天空，突然裂开了一道口子，金光灿烂，铺开在湖面上，将黑色的湖水横斩，一半光明，一半黑暗。

在光明和黑暗之间，就是那个巨大的水柱，它在水面上不断游移，一会儿转到光明处，一会儿转到黑暗处。水柱越来越粗，声势也越来越大，远远看去，就像是一条巨大的黑龙。

巨浪滔天，狂风咆哮，我站在离水柱很远的地方，强大的气流打在脸上，火辣辣地疼，我弯着腰，几乎要被风吹走。

在这种狂暴的天气下，你才会发现，人类真的很渺小。

风越来越大，我有些害怕，想要回去了，前方那个人却淡淡地说了一句："不要怕。"说来也怪，当时狂风怒吼，巨浪滔天，风声、水浪声、树木的折断声混合在一起，但是他这句话，却清清楚楚地送到了我的耳边。而且从他说完这句话后，我身边的狂风像是突然静止了，身上也不那么冷了，稳稳地站在了那儿。

现在想想，这本身就很神秘，不过我小时候傻乎乎的，也没觉得有啥不妥，就傻站在那里看着。

那道巨大的水柱，在光明和黑暗中徘徊了很久，终于转到了黑暗一侧，整个水柱也变成了暗黑色，它在湖面咆哮着、盘旋着，越来越大，像一座通天彻地的黑色宝塔。

过了不知道多久，它突然开始移动，在湖面上划出了一条深沟，朝着我们疯狂冲了过来。

在当时，整个湖面，或者整个世界，仿佛都被它裹挟着，波浪滔天，声势浩大，朝着我们扑了过来，仿佛要把我们彻底撕碎、彻底击败。

我站在那个人后面，看着整个世界都被狂风扭曲了，却感觉不到任何风力，也不觉得害怕，像在旁观一场灾难题材的电影。

那个人看着越来越近的巨大水柱，依旧背负着双手，只是轻轻叹了一口气。他朝着水柱说："鱼不可脱于渊，国之利器不可以示人。你，终于忍不住了吗？"

然后他转头问我："怕不怕？"我本来挺怕的，但是听他这么一说，我就昂起头说："不怕！"

他就笑了，说："好，不怕！"

他还是一派从容，仿佛即将到来的灾难根本不存在。他拿起那卷书，一手执书，一手负在身后，朗声说道：

"我见过黄河倒卷，大水横流，倾覆大地三千里；

“我见过巨蛟化龙，横击天门，血染东海三百丈；

“我见过大妖灭世，血流成河，一日屠尽三百城；

“我见过昆仑绝顶，白玉京上，神佛仙妖满城楼。”

说完这句话，他突然有些惘然了。

然后，他叹了一口气，说：“我走过天涯尽头，却还是找不到一个你啊！”

那黑色的水柱更加狂暴起来，我觉得它几乎将半个湖的湖水裹挟了进去，天空中全是黑色的大水，金灿灿的湖面也看不见了。

我有些着急，在这个紧急关头，他怎么能突然就发呆了呢！我拼命喊他，却发现周围全是狂暴的风声、雨声、水浪声，根本听不见自己的声音。

这时，那巨大的黑色光柱越来越近，从九天之上狠狠压了下来，那一幕非常恐怖、怪异，就像天上的百丈巨龙，朝着下方一个渺小的人类，倾尽全力，发动了狂暴一击。

然后，他终于开始动了。他像是突然清醒了，又像是毫不在意，只是轻轻叹了一口气，接着轻轻一扬手，那本从不离手的古书，就朝着巨大的水柱飞了过去。

那本书很小，也很轻，轻飘飘地飞向了巨龙，却很轻松地穿透了水柱。那水柱剧烈晃动了几下，然后轰然崩塌。

巨大的水柱猛然炸开了，断成了几截，狠狠地砸在了水里，掀起了滔天的波浪，瞬间将岸边的老柳树淹没了。

也是在那一瞬间，我突然就能感觉到身边呼呼的风声以及巨大的水浪，我撒腿就往外跑，没跑几步，那排山倒海一般的水浪就把我扑倒了，然后狠狠推着我，把我摔在了不远处。

我狼狈地爬起来，浑身早就湿透了，像一只彻头彻尾的落汤鸡。

抬起头看看，那道巨大的黑色水柱已经消失了，风力也渐渐小了，黑漆漆的天空裂开了一条大口子，金色的阳光透下来，迅速扩大，铺开在湖面上。

我看看周围，湖边几乎所有树木全都被拦腰折断，好多破房子成了废墟，只有他那座草庐，依旧完好无损，静静地待在那里。

白衣人背负着双手，站在那里，脸上毫无表情，看不出来悲喜。

后来，他的脸上露出了一丝惘然，说："来世不可待，往世不可追也。"

他说："我是一个不信命的人。"

他说："我错了。"

然后他转身走了。

从此以后，他再也没有出现过。

这就是我记忆中关于这个鱼贩子的故事，如梦如幻，也不知道到底是童年时的记忆，还是我做过的一场梦了。

后来，我也问过好多人，那个鱼贩子的事情，好多人有一些记忆，好多人也记不清楚了。总之，都觉得这是一个很神秘的人，而且他自从那场怪异的龙卷风之后，就再也没有出现过了。

可是，我对于龙卷风的那一幕，却记得清清楚楚，包括他说的那几段话，以前还模模糊糊，这些年越来越清楚，大概就是我记录的那几行字。

微山湖那一幕，到底是真还是假呢?

我不知道，就当是一个很美的梦吧。

不过，有时候想想，这世上有江湖也好，有人背负天下苍生，匡扶正义；有人行走于黑暗，负重前行；有人斩妖除魔，平定四方；有人仗剑天涯，且歌且行；有人镇守四海八荒，守护人间。

这么想想，人间还是很美好的。

儒道人

有一年，我去乌苏里江，和老毕一起坐在江边喝酒，又聊起了往事。

那时候，春光烂漫，漫山开遍了野花，有小姑娘唱着山歌，从江边走过。我们就着春色，用一个老葫芦喝酒，喝了一“葫”又一“葫”，喝得悠悠哉哉的，我就将微山湖怪人的故事，讲给了老毕。

老毕就叹息，说天下高人出昆仑，一人玉山万马喑，三千仙童闯昆仑，昆仑得道有几人？

我也感慨，说不知道高人到底收服的什么，是否是微山湖的水怪？那个水怪和龙卷风有什么关系？

老毕就说，这个人可能是金门大师兄的后人。

我吃惊了，那他当时收服的到底是什么？

老毕说：“应该是一柄上古巨戈。”我更加吃惊了：“不应该是怪兽吗？”

老毕说：“有些上古凶兵，渐渐通灵了，有时候会有异相出来。据说金门大师兄年轻时，曾于大荒收服过十三柄上古凶兵，后来又将其沉入各地，镇压九州。他后人常去微山湖，应该就是防止这凶兵出世，祸乱人间。”

我更加感慨了：“他到底是一个什么样的人呢？”老毕说：“我师父说过，他当年去昆仑山找小师娘，见过高人无数，像‘半佛半魔，悬壶灭世’的老十，骑着巨犬戴着狰狞面具的第七子血凤凰，‘王不留情’的十一子，甚至不能算人的‘铁甲人’，但是最让他震撼的，还是大师兄。”

老毕师父说，那是一个极度悲伤的人。他当时站在那里，仿佛比远处的大雪山还要孤独。

他每天都在读书，一卷天书，读了无数遍，仍是一卷书。他温和、儒雅、谦逊有礼，却是金门最危险的一个人。

师娘小十三，和老毕师父讲了大师兄的故事。

她说，大师兄原本是个读书人，少年成名，曾一人力压江南三千才子，冠绝秦淮河，后以儒入武，于大荒深处收服十三柄上古凶兵，名震天下。

最后，他一剑斩断桃花山，背着爱人去西漠求神药，神来屠神，仙来诛仙，一路斩尽西漠桃花。

老毕师父问：“他为何要斩桃花？”小十三说：“只因他爱人叫桃花仙。他觉得，她既然不在了，这天下就不必再有桃花。”

她说，大师兄原本出自北方的书香门第，是一个才华横溢的人。在他很年轻的时候，就已经在北方闯下了很大的名声。

那时候，江南文气极重，号称“天下士子，江南独占七分”。文人自古相轻，南北更是不服，南人称北方为蛮人，不屑与之论文。

大师兄便带着一个童子，买了小舟南下，代表北方士子挑战江南才子。

那一天，他到了金陵城，正好赶上端午节。十里秦淮，最重端午。这一天，全城出动，将那十里秦淮河围得水泄不通。正值榴花盛开，柳絮飘飞，那河里画舫密布，挂着各式琉璃灯盏，船上红妆隐约，辉煌绚烂，彻夜不眠，远远看去，仿佛一匹银河，点缀着点点粉钻。

金陵古城，最重文才，菜佣酒保，皆有六朝烟水气。秦淮河两岸，青楼密布，更有那清倌人，极重身份，只邀才子登船。

所以每年端午节，秦淮河上都会举办各种诗会，文人雅士纷纷雇了画舫游船，去那船上饮酒论文，雄文一出而天下知，不仅赢得美人，更是名动天下，成为一时才俊。

那一日，大师兄白衣青衫，于秦淮河上坐而论道，大败江南士子三千，冠绝十里秦淮。

那一夜，各个清贵画舫，都派人送来帖子，邀他一叙。

他于秦淮河上，大醉七日，夜夜笙箫，美酒灌满秦淮河。

江南才子深以为耻，有一个士子怒而拔剑，说愿学昔年李太白，斗酒论诗，仗剑杀人，托身白刃里，杀人红尘中。

大师兄本是个书生，哪懂什么剑术，勉强应付了几下，结果被那士子一剑打落河里。他不会游泳，在水里挣扎，江南士子驱赶众人，不准别人救他，让他出丑。

这时，远处一座画舫悠悠开了过来，将他救了上去。

江南士子皆惊，愤恨而不敢挡。

原来这座画舫的主人，正是秦淮河上最有名气的清倌人，文采色艺皆为秦淮之最，因她最爱桃花，所以别人都唤她一声桃花仙，号称“艳冠天下桃花雪”。

这几日，秦淮河上都抢着邀请北方来的名士，只有她依旧云淡风轻、我行我素。

大师兄也很奇怪，他换了衣服，正式感谢了她，也问了她为何出手相救?

她就笑，说：“救你嘛，自然是为了再打你一顿出出气喽！”

她端起茶，正色说：“秦淮河上小桃花，特向世兄请教。”他赶紧也站起来，躬身道：“世……妹请说。”

她说：“你前日于秦淮河上讥讽我南人无才，江南虽大，却无一合之敌，可有此事？”他有些有愧：“确有此事。”

她说：“我乃南人，只是江南桃花山下一个小女子，也有三个问题请教世兄。”他说：“世妹请讲。”

她说：“大道三千，孔圣人说天书只有一卷，你知道是哪一卷？”他犹豫再三说：“孔圣人，好像没有说过这话。”

她摇摇头：“我既然问，他自然说过。这就是‘女人’卷。”

他不解，正色求教。

她就说："孔圣人说，'唯女子与小人为难养也'，连孔圣人都不懂我们女人，自然是天书了。"

他第一次听到这种奇谈怪语，虽然觉得不敬，也忍不住哈哈大笑。

她又提出了第二问："孔圣人为何讥讽女子？"

他冷汗就下来了，结结巴巴，不敢言语。

她第三个问题："孔圣人讥讽女人，是否不对？"

他大汗淋漓，垂头丧气，大败而归。

姑娘大笑，说："算了，算了，不逗你了，本觉得你是个有趣的人，没想到也是呆子。"

大师兄在这里待了七天，七天后，他养好伤，要离开了。

大师兄说："你和我一起走吧。"

她就笑，说："天下桃花千千万，我只是其中一朵，公子本是谪仙人，你的道在九天白云间，我只愿公子青云直上。"

大师兄摇头，只是恳请她和自己一起离去。

她坚决地摇头，说："大道如青天，公子莫自误。以后，我不会见你。"

她说："我最后送公子一曲吧。"然后绾起头发，正身抚琴，琴声呜咽，似诉似泣。

大师兄最后深深看了她一眼，快马加鞭，渐渐走远。

桃花仙自此隐退，不知所踪，给秦淮河上留下了一个传说。

天外白云桃花仙，从此相忘于江湖。

而在江湖里，也出现了一个白衣书生，他背着一个巨大的匣子，里面有十三把上古凶兵，从无败绩。

几十年后，白衣书生和人约战于桃花山之巅。桃花山在江南，山形若花，山上遍布万株桃花，就被唤作桃花山。

桃花山下，有一个老绣娘，每天织布、读书。没人知道，她曾是秦淮骄傲，号称“艳冠天下桃花雪”。

那一日，有人过来和她聊了很久。

她望着青天白云，问：“你现在已经在九天之上了吗？”

那一天，大师兄背着巨大的剑匣，缓缓走上花山。那一天，桃花山上开满了桃花，遍山遍野，极度绚烂。

大师兄慢慢走着，快到山顶的时候，他猛然停下了。在他身前，一个姑娘笑靥如花，弹着一把古琴，却是那个他找了几十年的姑娘。

自古美人叹迟暮，不许英雄见白头。他已经老了，而她还是记忆中的模样。

真好。

姑娘说：“我再给你弹一曲吧。”他就笑：“好！”

她弹了一曲《十面埋伏》。激荡哀婉，悱恻缠绵。弹毕，她说：“我好累，你能不能抱抱我？”

大师兄过去抱着她。她紧紧搂住他：“你已经在青天白云上了，真好。我每天看着白云，都想，我也是曾经拥抱过青天白云的人啊！”

她说：“我不愿你见我现在的模样，所以求大师配了神药，让我可以重返青春，哪怕只能活一个时辰，能让你看到，已经足够。”

大师兄心里一抖，发现她艳若桃李，脸上一抹极重的嫣红，嘴角流出一缕鲜血。

她紧紧抓着他，轻轻抚摸他的脸，说：“他们让我过来，是想乱你道心，相当于你自断一臂。我死，你还有一线生机。”

她说：“我本是桃花山下一朵小桃花，因为你，我才极尽绚烂过。这已经足够了。”

她最后说：“白云青天，真的好美，我也曾拥抱过。”

她静静死去，死后依旧笑靥如花，仿佛漫山桃花。

他抱着她，静静地站在那里，站成了一棵古松。

他说：“这桃花山上没了你，就不必再有桃花。”

他转身。长啸。

怒发冲冠，一瞬间白头。

背后木匣炸开，十三把上古凶器全出。

漫山桃树，寸寸斩断。

漫天花雨，迎风乱舞，仿佛巨蛟击天，一派血色。

他伸手一招，叫了声：“花来。”泪如雨下。

那一瞬间，漫天遍野的桃花，全都汇聚成一条巨大的银河，摇摇而来，堆成了一片巨大的花海，将姑娘托住。

他说："傻姑娘，你看，我只用一臂，也能斩断这桃花山。"说完，他反手斩断自己一臂，血流如注，仿佛一匹红色血瀑，然后轻声说："斩！"

那一日，天地变色，上古十三柄凶兵齐出，生生斩断桃花山，屠尽山上所有高人，白发书生单手抱着姑娘，不知所踪。

从此，桃花山上再无桃花，江湖上也再没有白衣书生。

终南山修道人

这是我一个大学同学的故事。

这个同学比较特殊，他是一个修行之人，隐居在终南山，已经有十几年了。

他大学时就是一个文质彬彬的书生，说话温文尔雅，喜欢读古书、写毛笔字、画国画，有点儿不食人间烟火的意思。

后来他又经历了一场不成功的恋爱，钻进了牛角尖，开始去各地寻访高人，去古庙老寺找人谈佛论道。人越发淡泊，也越来越有仙气儿，成天穿着长袍布鞋，谈玄论道，话也越来越缥缈，跟我们简直无法交流了。

再后来，这个同学就去终南山归隐了，在半山腰租了一个小院子，种茶读书，日出而作，日落而息，做了一个隐士。

偶尔，我也会去看看他，在他那边住几天。

终南山远离尘嚣，空气清新，饱饱睡几天，就觉得精力渐渐恢复了。这里什么都好，就是伙食不行，顿顿土豆、茄子。好在茶水还不错，同学说是自己在山上采的茶，用山泉水煮开，悠悠哉哉喝上一壶，看看苍山云海，逗逗黑猫鸟雀，才觉得有点儿修行的意思。

我这个同学独自住在一个草庐处，前方是一处溪水，背靠一座山峰。这座山峰很奇怪，形似一把巨剑，直直插在群峰之中，有些孤峰自傲、睥睨天下的意思。

他一直劝我不要贪恋红尘，趁早修道，每次都被我狠狠嘲笑，说有那么多人爱我，傻瓜才去修道。他就感慨，说我天生是青衣贵人的命，“青衣约我游琼台，琪木花芳九叶开”，现在就差一个契机了。

我也问他，为啥那么痴迷修行，难道还真以为人可以成仙?

他眯着眼看着远处的山峰说，因为他太爷爷给他讲过一个仙人的故事。

然后他和我并肩坐下，给我讲了一个仙人的故事。

故事发生在辽宁葫芦岛，也就是他老家。

那时候，他太爷爷才八九岁，有一天，天降大雨，大雨下了一天一夜，整个村子都兴奋了。

从半夜开始，就不时有人过去看水，嚷嚷着池塘要满了，这次是真的满了。

然后大家开始翻箱倒柜找刀，杀猪匠找出了长长的杀猪刀，老奶奶找出了挂在墙上的镰刀，砍柴的摸出了柴刀，老母亲擦干净了菜刀。大家纷纷议论，这次总归是要来了。

当时他还很小，也不知道他们为什么那么兴奋，后来才明白，原来他们是在等一个人。那是一个比较神秘的人。这个人，谁也不知道他的名字，也不知道他从哪里来，他好像某一天突然就出现了。

他一身青衣，戴一个斗笠，背着一个很大的剑匣，缓缓从村外走过来。

他走路的姿势也很奇怪，上半身几乎不动，两条腿一步步往前走，每一步的步距几乎相同，脸上也没有任何表情，就这么直视前方，一步一步走过来，让人看着都觉得累。

他像是走了很远的路，但是没有一丝烟火气，总是从容淡定、安安静静，像武侠小说里的人物。

他放下剑匣，剑匣里没有剑，全是密密麻麻的农具，有菜刀、镰刀、锄头、剔骨刀，深不见底。

这些刀，是赊给村里人用的，不收钱，等刀子用旧了，他会来回收，然后再拿出来新的刀具给大家。

他的刀具很好，寒光闪闪，刀气逼人，不能说削铁如泥，但是吹毛断发是没问题的。村里的闲汉做过试验，揪几根头发，放在刀口上，使劲一吹，头发顿时断成了两截。

更神秘的是，他每次临走前，都会说一句有预言性质的话。比如他会说，我等麦收了来，或者说等下了冰雹来，还有一次说等海水变红了来。

这麦收和冰雹都好理解，海水变红又是什么意思呢？

没想到，过了几年，海藻泛滥，发生了赤潮，海水一夜变成红色，接着赊刀客第二天如约而至。

这个赊刀匠上次临走时说的一句话是："我等池塘涨满水就来。"所以这次大雨倾盆，池塘一夜水满，乡亲们都兴奋地去村头等他，这已经成了一种约定，或者说一种守护。

他每次过来，都是静静站在那里，取下剑匣，把刀具一个个摆在地上，然后回收了旧刀具，再一个个工工整整放回剑匣。换完就走，连口水都不喝，更别说在村子里住几天了。

这是一个天外飞仙般的人。

不过有一次，他在村子里多待了半天。那一年，村子大旱，眼看着禾苗要枯死了，连池塘的水都干涸了，赊刀匠来了。这一次，他多待了半天，并且第一次出手。

在他出手之前，大家也都觉得，这个人一定不简单，他很像古代的侠客、戏文里说的高手，低调、认真、守信。

大家都相信，他那个深不见底的剑匣里，肯定有一把真正的宝剑，寒光凛凛，剑气冲天，一旦出鞘，便有龙吟一般的剑气溢出，绕梁三日，经久不散。

但是谁也没有想到，他真正出手竟然是这个模样。

那一次，他来到村口，面对着等待交换刀具的村民，微微欠了欠身子，然后一步步朝着池塘走去。池塘边，有一棵三个人都抱不过来的老槐树，这是一棵遮天蔽日的老树，黑压压的，三伏天从底下经过，都觉得凉飕飕的。

当地人认为，这棵树活得太久了，成精了，成了树神，于是给树上缠上红布条。还有人认老树为干娘，还有人中邪撞鬼后，就弄点儿鸡鸭肠子缠着破鞋扔到树上，据说可以辟邪。

赊刀匠一步步走到树下，眯着眼看了看大树，立了一刻，他的身子纹丝不动，右臂慢慢抬起，从剑匣里缓缓抽出了一把剑。

这并不是一把寒光凛凛、剑气逼人的剑，相反，这是一把很粗糙破旧的剑，剑上坑坑洼洼的，还有几道明显的裂纹，就像一把用了几十年的老柴刀，还没有给村民换的刀具好。

他看了一眼手中的剑，突然就出手了。

据当时围观的村民讲，他出剑的感觉非常怪异，出手非常缓慢，一把剑慢慢抡起来，抡足了一个半圆，然后缓缓往下落，几乎是一寸寸往下落，让人看着都着急。

他就只抡了这么一下，然后就结束了，还剑入匣，一步步走了回来。

大家满怀期待地看着大树，想着树上会不会掉下来一只怪物，或者什么精怪，甚至这棵树会不会被拦腰斩断。但是等了好久，老树还是好好的，连片树叶都没掉下来。

大家满脸失望，快快地交换了刀具，这次也没有了以前的殷勤，很快就走了。

赊刀匠依旧从容淡定，将刀具一件件整整齐齐摆放在剑匣里，然后一步步走远了。

等他的身影刚刚消失在道路尽头，就听见轰一声响，从树上猛然掉下来一个东西，那东西鲜血淋漓，狠狠砸在地上，溅起一阵尘土，接着又开始往下呼啦呼啦掉东西。

大家吓了一跳，等树上的东西掉干净了，有胆子大的过去看看，忍不住叫起来："是蛇，好大的蛇！"的确是蛇，那是一条足足有海碗粗的五花大蛇，足足有十几米长，被砍成了一段段白花花的肉，堆在了大树底下。

杀猪匠壮着胆捡起一段看了看，忍不住啧啧称赞，说这刀法好，一刀斩断，端口平滑，这刀法真正神了！

又有好事的量了量，发现这大蛇从头到尾一共被斩成了四十九段，每一段都是一样长，一寸不长，一寸不短，就像用尺子量过一样。大家都有些恍惚，这一剑可斩不成四十九段，难道说他就在那一瞬间，连续斩出了几十剑？

再回想一下，他出剑时看着特别慢，一点点儿往下压，难道是出剑太快了，剑与剑之间形成了残影，所以才看着慢？

有人就感慨，这才是真人不露相啊，人家当时怕引起注意，故意用剑气将大蛇封在了树上，等他走了以后，才掉下来，这人怕是剑仙下凡吧！

大家也有些犯嘀咕，这人剑法如此逆天，简直像传说中的剑仙，为何还要来我们这个破村子，还赊刀呢？

那就没有人知道了。

反正从那以后，这个赊刀匠就成了一个传奇，一个村子里的守护者，每到他要来的时候，村子都像迎来了盛大节日。

不管是受到了热烈欢迎，还是冷遇嘲笑，赊刀匠还是那一副从容淡定的样子，一步一步走过来，一步一步走回去，不会留下一句话，也不会多待一分钟。

久而久之，村里人也对他形成了一种敬畏，不再试图挽留他，而是恭恭敬敬换完刀具就走。他留下的刀具也有了更多的意义，成了一种辟邪的法器，据说谁家闹鬼撞邪了，只要把他的刀具放在枕头下，枕着睡一觉，第二天就好了。

那一年，我同学的爷爷第一次看到了这个赊刀匠。

他爷爷后来说，不知道为什么，从第一眼看到他，就觉得这个人很可怜，他的眼泪当场就掉下来了。当时大家都忙着交换刀具，没人注意在一旁默默流泪的小孩，说实话，即便是注意了，也没人会当回事，毕竟他太小了。

他爷爷站在人群里，看着他拿出来一件件刀具，又一件件放回去，然后背上剑匣，挺直身子，准备走了。

最后，他爷爷忍不住说："你太累了。"这本来是一句非常普通的话，没有人会注意，更不要说是从一个孩子口里说出来。

但是那个赊刀匠却站住了，接着他竟然开口了。他说："我不能歇，他们还等着我。"

他爷爷摇摇头："人总是要休息的，没有你之前，大家也好好的。"

那个人本来已经起身走了，他迈出去了坚定的一步，任谁也不可能阻止的一步。但是听到这句话，却猛然怔住了，一只脚悬空，久久没有放下。

过了好久，他才收回来那只脚，认真地看着这个孩子，问：“我要是休息了，谁来帮我守护这个世界？”他爷爷想也没想，就说：“我。”

赊刀匠点点头：“那、那我休息十天。”他爷爷也高兴了：“那我帮你守护这个世界十天。”

那个人也笑了：“十天可不够。”他爷爷也笑了：“好，那我给你守一百年。”

这个人在村子里住了十天，他睡了十天十夜的觉。

十天后，他给那个孩子鞠了一躬，说是感谢他的点拨。他说，自己原本是蜀山弟子，蜀山出剑仙，他自小就苦练剑道，已臻化境，但是如何也破不开最后一关。于是他远赴昆仑山，拜入金门门下，成了内门座下第三个弟子。

老师父告诉他，你的剑术已经大成，现在需要修一把红尘剑，等红尘剑铸成，你就大成了。

他就问师父，如何铸剑？他师父说，你去红尘送剑，送出一万把剑，练成一把剑，那把剑就是红尘剑了。

他后来就在红尘赊刀，收刀，想搜集天下念力，铸成一把红尘剑，斩断世间一切因果。

他说，自己其实已经摸到了大道边缘，但是一直割舍不下红尘、放不下人间，所以久久不能离去。这个孩子的话点醒了他，他终究还是要放手，这个世界也自然会有人帮他守护。

临走前，他拍拍小孩子的肩膀，说：“别忘了，以后要陪我百年哦！”

小孩子郑重点了点头，看着他背着一把剑，腿脚轻快地上路了。

这个故事讲完了。我问同学：你真信这个故事?

他说，不信。

我问，那你还要在这里修行?

他就笑。他说，终南山有好多人，相信自己能成仙，所以就带一囊粮、一瓢水、一摞书，把自己封在山洞里，希望可以成仙，但是都化为了一具枯骨。

他说，他不知道自己能否成仙，但是他希望这世上有仙，要不然这世间岂不更加无趣?

当晚，我们在山顶，以茶代酒，喝得烂醉如泥，就宿在他的草庐。

草庐里有一只黑猫，黑猫看着我，眼神不善，躲躲闪闪，厌恶地叫一声，便扭过身子。

晚上我一觉醒来，月光下，发现这只黑猫阴森森地看着我，然后在我大腿上狠狠抓了一把，痛彻心扉，血流不止。

我同学就笑。他说，那只黑猫和你前世有怨，不要怪它。

他说，前世你是东山猴王，它是北岭猫妖，你路过北岭时，烧了它的府邸，所以它今生要还你这一报！

他说，冤冤相报何时了，该断则断。

几年前，我还收到他寄过来的一枚终南山红叶，后来就再也没有消息了。

后来，我去终南山找过他，那个空荡荡的院子已经没有人了，当然也没有了那只黑猫。

在那只黑猫经常卧着的那块青石板上，留下了一行淡淡的墨字。

“缘分，尽了。”

南疆怪物

今天讲一个老司机的故事。

这个老司机，真的是老司机，他叫光哥，十几岁开始跑长途，熟知各地的民俗掌故，亲历过各种诡异怪事，而且世事通达，看破而不说破，是一个很好的朋友。

那时候，我还念高中，我们家在川藏交界处做工程，修复一座古庙，我在成都，和雅安一个姑娘谈恋爱。

雅安那个地方，雨水多，烟雨迷蒙，像江南一样，又是川藏交界，好多姑娘都是藏汉混血，宁静又妖娆，有点儿《红河谷》的女主角丹珠那种感觉。

那时候我还年轻，每周末从成都搭车去雅安看她。她在路边等我，每次都会送给司机一柄巴掌大的鱼骨剑。

鱼骨剑是“雅鱼”脑袋里的一枚骨刺，看起来像把昂首冲天的宝剑。这鱼骨剑是辟邪的，跑夜路的老司机最喜欢，费多大劲儿都要在车里挂一个。

当时我还年轻，根本不明白这么大的鱼骨剑的意义，也不明白我那个女朋友的身份，所以才会这样无忧无虑、这样兴高采烈。

毕竟年轻……

有一次，我搭了光哥的车，我们在车上吸烟、聊天，他就讲了许多他在南疆开车时的诡异经历，还有一起神秘的动物上车事件。

车到雅安，他下来抽根烟，看到我女朋友给他那柄鱼骨剑，愣了一下，坚决不肯要。

临走前，他拍拍我的肩膀，给我留了个电话，意味深长地说，我以后要是遇到什么怪事，可以联系他。

当时我也没多想，随口答应了一声，也没当一回事。

后来，我也因为一些事情，和这个神秘的女朋友分开了。

这里说分开，不是分手，是因为关于她的故事和身世，非常的神秘、曲折，不能简单用一句“分手”结束。

2013 年雅安地震，我打过一个电话给她，当时的她已经成为另外一个人，或者说已经不能称为“人”了。

就这样，雅安成了我的伤心地，后来再也没有去过。

只不过，偶尔在夜深人静时，还会想起那个在寒风中拿着鱼骨剑等我的姑娘，想起光哥意味深长的那句话：“你以为，这大街上熙熙攘攘的，都是人吗？”

再后来，大家就天各一方，我也开始到处折腾，去了深圳、上海、保定、成都、苏州，光哥也在天南海北跑车，就再也没见过了。

男人的友谊很奇怪，有时候认识几十年的人，也算不上朋友，有些人，只是喝过一次酒，却会成为终生不忘的朋友了。

我对朋友要求很严，朋友也很少，但光哥肯定算一个。

前几天，我在洛阳看龙门石窟，光哥正好在开封送货，于是大家在洛阳聚了一下，在义勇街夜市喝了一夜酒。

大家一见面就乐了，算算有七八年没见过面了，大家先干了几杯，也都有些感慨。

再算一算，我们两个认识已经快二十年了。

二十年啊，人生能有几个二十年呢？

二十年前，我还是一个十六岁的少年，家境很好，人也很骄傲，是个“骑马倚斜桥，满楼红袖招”的公子哥儿。谁能想到，短短几年后，我们家就彻底败落了，我甚至因为交不起学费被迫退学，住一天一块钱的大杂院，现在竟然成了一个贪财好色的作家。

而光哥，还是那副样子，表面上看起来一本正经，甚至有些木呆呆的，其实他只要一开口，你就知道，这家伙一肚子坏水，蔫儿坏。

现在想想，光哥这个人是有些神秘的。我认识他那么多年，他从来没有谈起过他自己，他老婆，孩子，他家庭是什么样的，完全不知道。

我年轻的时候，完全想不到问他这些，现在年纪大了，知道男人之间要想保持友谊，就要保持分寸，不能什么都问，所以就更加不知道了。

没想到，这次他却主动说起了自己的事情。

他说的是他的师父。他说，最近一段时间，老有些心慌，每次心慌的时候，他总要想起自己的师父。

然后他就讲了一下他师父的故事。

光哥的师父，就是他刚开始开长途车时，带他入行的人。

他说，二十多年前跑运输的大车司机可是美差，赚钱多，有见识，还能带紧俏货。所以他挖空心思想要跑运输，家里托了很多关系，找了一个老司机带他。

他说，那时候跑运输啊，还是很苦的，没有高速路，都是国道，也没有手机，上车就失联，跟远洋跑船差不多。

而且那破车吧，还容易坏，尤其是轮胎，都是尼龙的，特别容易坏，维修时要踩在加长的撬棍上拧轮栓，所以当年开车的司机，都是很厉害的修理工。在这种情况下，可想而知，找个愿意带你的好师父有多重要。

他当时跟师父走的第一趟车，就是去南疆。他说，南疆和北疆不一样。北疆是草原、湖泊、森林、哈密瓜，是香喷喷的马奶酒、胸大腿长的漂亮姑娘。

南疆不行。那里到处都是戈壁滩、石头山、大沙漠，经常好几天都见不到一个活物，能把人给憋疯掉！更要命的是，他们要去南疆最南边的县城，挨着昆仑山，还有无人区！

昆仑山那是什么地方，西王母的道场，那是凡人待的地方吗?

那地方，嘿！高反、高寒、零下三十多度、大冰河、雪崩、大风、缺氧、怪物，啥邪门玩意儿都有！

且说光哥第一次上路就去南疆，心里既兴奋又紧张。这时他师父就上车了。这个师父姓白，是个干瘪的小老头，瘦弱的身体裹在一个很大的军大衣里，看着抽抽巴巴的，没什么精神。

白师父笑眯眯地看着光哥，问他："会不会开车？"光哥矜持地说："会一点儿。"白师父点点头，说："好，那你开吧！"

光哥傻眼了，这他娘的是怎么个情况? 他说的会一点儿，真的是一点儿，也就是知道哪个是刹车、哪个是油门、哪个是方向盘，这怎么开? 但是白师傅却说，够了，够了，学那么多干什么，开车还不就是这三个。

光哥还是害怕啊，这可是货真价实的大卡车，这车要是被他开翻了，两条人命不算，这一大卡车货物可怎么办啊?

但是白师父却说，人死卵朝天，怕个啥子？！他们以前往昆仑山上送物资，啥没见过，雪崩、地震、雪毛子怪、牛那么大的冰雹，还有能把卡车吹飞的大风，唉，还不都挺过来啦！

说完，他把军大衣盖住头，自己呼噜呼噜睡着了。光哥要吓死了，试着喊了几声"白师父"，他却呼噜声震天。没办法，光哥只有咬咬牙，试着发动了车，然后跌跌撞撞往前开。

后来他才知道，南疆这里是戈壁滩、大沙漠，车在沙漠里连续开个几天，连个人影都看不见。所以在这地方开车，还真是不用怕，即便开错方向了，大不了方向盘一打，再转回来就是了。

现在想想，在南疆开夜车挺特别的。天气总是特别晴朗，一轮明月高高挂在天上，大颗大颗的星星，干干净净，清清楚楚。戈壁滩上洒满了月光，沙漠上、荒山上，像是撒了一层雪，亮晶晶的，让人看了很感动，很想流泪。

嗯，就是感动。

有时候，沙漠腹地会突然亮起大灯，还有像放烟花，放出五颜六色的焰火，亮如白昼，让人很恍惚，这些焰火是哪里来的?

白师父就说，这些都是中国的秘密部队，这些部队在深山里都有基地，这是在秘密做实验，习惯了就好。

白师父还说，南疆有些地方关押着一些怪物，有时候会出问题，那些焰火是在打怪物的。也不知道是真是假。

没事时，光哥就和白师父闲聊。

白师父说，自己以前是汽车兵，往昆仑山兵站上送物资的，复员后习惯南疆了，就留在这里跑运输。

白师父这人很有意思。这是一个饱经风霜的老人，但是对生活依然保持着热情，不气恼，不抱怨，像古龙笔下的武侠人物。

他总是笑眯眯的，你问一句，他答一句，轻飘飘的一句话，有时候能让你笑半天，就像以前的老电影，都活成人精了。

有一次，他跟光哥说，曾经在昆仑山上见过一条龙。

光哥一下子兴奋了，问他："白师父，你真见过龙啊？！"

“那可不！”

“真是一条龙啊？！”

“真的是条龙！”

“那龙是啥样的？”

“那龙啊，一个鼻子两个眼，我走过去摸了摸，它还瞪了我一眼！”

“啊，还是活的啊？！”

“活蹦乱跳的！”

“啊，真的啊？！”

“假的！”

“咳！”

白师父也很神秘。

有时候，开到某个地方，白师父会让他停下车，自己下去走一走。

他站在那里，自己抽根烟，在地上也插三支烟，眯着眼看着远处的戈壁滩，等烟烧完了再走。

光哥有一次偷偷看了看，白师父站在一个断裂的大冰层旁，那个巨大的大冰壳子里，密密麻麻的封的全是死人！

真的是死人！那些人穿着旧军装，一个挨着一个，像是睡着了，神态安详，队形还是整齐的，就像一个军营突然被极度的寒冷冻住了，所有人一瞬间就被冻住，还是保持着原来的样子，看着特别恐怖。

这些士兵为何会集体冻死在了那里?

没有人知道。

白师父只是淡淡地说，这下面有几个老朋友，日子贫苦，给他们上支香，改善改善伙食。

后来光哥每次开车路过那个大冰壳子时，都要停下，在那散几根烟。他总觉得那些人像是在守护着什么，是一群为国家守护秘密的人。

还有一次，路过一座遍体黑色的山（这座山很古怪，像被烈火煅烧过一样，寸草不生），白师父也叫他下来，跟他坐在山脚下，用一个老式的扁酒壶喝酒。

他的酒很特别，很辣，喝一口下去，那酒像烈火一般煅烧着你的肠胃，但是喝下去后，浑身都暖和了，很舒服。

白师父说，这酒是部队特供的，专门给他们这些在高原雪山上的老兵喝。不过他已经“下来”很多年了，为什么还会有这种酒，这个他就没有说了。

光哥说，他那时候还年轻，年轻人嘛，总会想得很多很远，心里总是乱七八糟的，突然很高兴，又突然很忧伤，纯粹是自己跟自己较劲儿，心情很不好。

他那一天，就是心情很不好，自己闷声坐在那儿。

白师父就说：“光子啊，你看见前面那座山了吗？那就是著名的喀喇昆仑山，上面有一个全世界海拔最高的神仙湾哨所。看过春晚吧，边防战士给全国人民拜年时，都会有他们。”

“你们这些小年轻啊，知道个屁的苦闷啊！

“我们神仙湾啊，满眼都是大雪山、大冰块，别说人，你连一块泥巴都见不着，只能看看太阳，才觉得温暖一些。哎，有时候啊，一连几星期，连太阳都没有。

“在我们昆仑山啊，流传着一句话‘神仙湾站哨，红山河睡觉’。

“红山河有个机务站，那里也是高原，刚来的人，高原反应厉害，心跳太快，往往一觉睡过去，心脏缺血，人就在梦里死过去了。

“神仙湾站哨，是怕人自杀。

“说起来也邪门，有时候吧，人在外面站着哨，就觉得大雪山那边有人喊你，你忍不住就走出营地，一直朝着大雪山走，最后就冻死在雪地里了。

“有人说，那是大雪山里的山鬼迷惑人，也有人说是产生了幻觉，反正不好说。

“高原苦啊，兵站那边，氧气含量只有内地一半，心脏负荷重，每分钟要跳一百多下，甚至你走路快一点儿，使劲咳嗽几声，都能要了命。

“所以在大雪山上，人要慢慢走路，吃饭要慢慢吃，一般很少说话，说话也要轻声说，一般是做手势，连这手势都是慢悠悠的，时间像是静止了。

“当时有个新兵刚来的，他不懂，从一个小缓坡上跳了下来，也就半米多高，倒地下后，人直接就起不来了，心脏缺氧，供血不足，还没抬到山下，就咽气了。

“这地方怎么待?

“没法待！”

光哥就不说话了，想着自己那点儿屁事，跟这些相比，还真算不了什么。

白师父眯着眼睛，看着远处的大雪山，感慨着：“茫茫啊昆仑山，神呀嘛神仙岭。这昆仑山啊，不光是气候差，有时候啊，什么妖魔鬼怪都会出来。”

光哥兴奋了，赶紧问他：“还真有妖怪？”白师父慢悠悠吸了一口烟，说：“昆仑山上有仙人，自然也有妖怪。有一年啊，我们执行任务，五十七个人进山，最后就活着出来了两个半。”

光哥忍不住问他：“什么事情那么危险，死了那么多人？”白师父眯着眼说：“我们去捕捉一条龙。”

光哥看着他的表情，想看看他是不是在开玩笑，但是却看不出来。

白师傅却扑哧一声笑了，说：“傻小子，我骗你的！”

光哥松了一口气，咧开嘴笑了。

看着乐呵呵的白师父，光哥也忍不住问：“白师父，你这辈子也有过啥闹心的事情吗？”白师父就笑了，笑得有些惆怅，感慨着：“人生在世，谁还能没有闹心的事情啊？”

光哥好奇了：“有啥事还能让你闹心？”白师父脸上的笑容

凝固了，慢慢地说："你看我现在这个样子，怎么说呢，很潇洒是不是？我以前可不是这样的。我以前啊，可是个暴脾气，像你这种屄孩子，我瞪一下眼，就能给你吓哭喽！所以在当时啊，他们给我起了一个外号，叫作'雪域阎王'。"

"后来啊，因为那个逮龙的事情，损失太大，上面给了我一个处分，让我退伍复员了，其实也是为了保护我。

"但是我回到家里，怎么也睡不着觉，一闭上眼，就想起来当年的事情，那几十个人不能白死了呀！

"还有那个东西，它早晚还会出来，所以我干脆弄了一辆车，来了南疆这边跑运输，我得看着它啊！"

白师父狠狠吸了一口烟："没想到啊，我这个雪域阎王，硬是被另外一个真正的雪域阎王给吓住了。"

光哥看着白师父笑眯眯的样子，再看看他那一副蔫蔫的样子，怎么也想象不到他威猛严厉的样子，也听不太懂他说的话。

白师父不是说捉龙那个事情是假的吗？怎么他又受了处分了？他说的那个"它早晚会出来"的"它"，又是什么东西呢？是说的那条龙吗？

他还想问，但是白师父却打了个哈哈过去了。

光哥说，后来他就忘了这件事情，以为这件事情就像白师父开的无数玩笑一样，只是一个笑话。

但是他没有想到，这竟然是真的。

有一天，白师父身上的手机突然响了。白师父身上的手机，是一个古董一样的老式机，他视若珍宝，每天都要擦拭一下，从不给别人电话号码。

光哥当时过年回家，想着大年初一给他拜年，问他要电话，他都不给，说那个手机就是个摆设，根本没用，是以前部队首长送给他的，他就挂着做个念想。

但是在当时，那个手机却真的响了。

手机响起时，白师父正在蒙头睡觉，按照往常的习惯，他这一觉肯定要睡几个小时，你就是在他耳边放鞭炮，都震不醒他。

但是铃声刚响了一声，他就猛然坐了起来，一把掀开了大衣，唰一下摸出了腰上的手机。

接着，他用一种激动得颤抖的声音说了一句："首长好！老兵 XXX 归队！"然后，他再也没有发出任何声音。

光哥一面开车，一面偷偷留意他的眼神，就看短短的几十秒钟，白师父眼神里流露出了吃惊、欣慰、兴奋、决绝的复杂目光。

放下电话，他让光哥把他放在最近的一个小镇上，他要搭车过去。

光哥很不放心，问他到底是什么事？要不然自己送他过去？

他摇摇头，说自己之所以留在南疆，就是等这一天，他今天终于等到了，所以是一刻都不肯停留了。

光哥还是担心，苦苦哀求他，并且表示愿意抛下这车货，跟他一起去。

白师父也有些感动了，告诉他，他之前在南疆执行任务时，真的遇到了一条龙。

白师父说，昆仑山自古就传说有各种怪物，像什么紫麒麟、喜马拉雅雪人、人面鸟等，但是好多都像神话一样，当不得真。

有一年，他们接到牧民报案，说牦牛群丢失了，希望白师父他们能帮忙寻找。群众无小事，他们当时就派了两个战士去寻找，结果两个战士没有回来。

白师父觉得不对，就亲自带领了几个人过去，发现了一个死亡谷，谷底密密麻麻的，全是动物骸骨，还有一些刚死掉的牦牛。

其中有一个很大的牦牛头，只剩下一半，明显是被什么巨兽一口咬掉的。

他们当时都很震惊，有什么动物能一下把牦牛的脑袋给咬掉，那它得有多大啊?

当时牧民看到这一幕，都跪下了，拼命喊：“摩一拉！”他们不知道这是什么意思，后来翻译也皱着眉头，说这句话很难翻译，有点儿半神半人的意思。

然后翻译就和牧民沟通了一下，回来告诉他们，牧民说损失的牦牛群不要了，它们是献祭给了伟大的护法神，这是它们的荣幸。

白师父就皱着眉头，说护法神是什么鬼？翻译就说，他们的意思是，这个吃掉牦牛的怪兽，是当地一个神的坐骑。

白师父就说，胡说八道！这些都是封建迷信！这世上哪有什么神？！他说，还有两个战士生死不知，不管怎么样，都要先找到他们。并且联系了上级，请求增援。

后来他们就组建了一个五十七个人的小分队，开始追踪那只巨兽，想要找到两个失踪的战士。

最后，他们就到了一个神秘的地方，那个地方堆积着仿佛小山包一般的动物骸骨，动物骸骨堆成了一个巨大的圆圈，圈子里是一块空地，插着一柄剑，一柄很老的古剑。

当时有个战士好奇，过去拔出来了那柄剑，发现剑上刻着一行字：“十一子王，王不留情，所到之处，鸡犬不留。”

大家还在议论，就听见后面传来了一声愤怒至极的吼叫声，大家就看见一只仿佛往外喷着火的巨兽，足足有半间屋子那么大，愤怒地扇着翅膀，朝着这里奔来。

大家赶紧列队开枪，但是它浑然不怕，很快冲了过来，长长的尾巴横扫过去，瞬间掀翻了几个人。

白师父也被它掀翻了，撞进了一个雪窝里，捡回了一条小命。等他醒来后，发现战士们几乎都牺牲了，那柄古剑和巨兽都消失了。

他感慨，说当时去了五十七个人，只活着出来了两个半。

那两个人，没多久也死掉了。所以事实上，从当年那场浩劫中活下来的，只有半个人。

那半个人，就是他自己。他自己其实早就死在南疆了，留下的一半，是帮别人活着，或者说是为了完成那个使命活着。

他说：“光子，男人啊，总有向前走不回头的时候。等你明白这句话的时候，你就真正长大了。”说完，他就坚持下了车，招手拦了一辆车，朝着戈壁滩深处走去了。

光哥站在路边，一直看着那辆车，看着那辆车越走越远，越走越小……

他知道，他这辈子再也见不到白师父了。

故事讲完后，光哥沉默了一会儿。

他说，每次遇到烦心事，他都会想起白师父，想想这世上有些事情比死还可怕，还有什么过不去的坎呢?

他就拼命喝酒，他就拼命夹菜，他就拼命讲粗野的笑话，他就拼命大笑。

他说，后来他终于明白了白师父那句话的意思，却觉得自己还是个孩子。

他永远是一个孩子。

白面神猿

这是瞎子讲的故事。

瞎子也是我一个忘年交，十几年的老朋友了。

瞎子外号叫"瞎子"，其实并不瞎，只是眼角处有一道长疤，是小时候被鹰抓伤的。

那时候，我还在北京，周末经常去周边野营什么的，当时管理还没那么严，还允许玩弓弩，我们也偶尔打打猎。

我们有一次在密云打猎，结果误打误撞，去了一个猎场，那猎场嘛，山鸡、兔子当然多，我们就打了好多。

当时瞎子是猎场的首席导猎员。所谓导猎员，就是猎场有了有钱人，他陪着有钱人去打猎什么的，一般都是当地村民陪着，打点儿兔子、山鸡这种。

但是如果要猎杀大家伙，比如野猪以及一些更危险的猛兽，就需要瞎子出场了，他有真功夫，是长白山下的专业猎人。

当时瞎子看见我们在猎场打猎，让我们赶紧扔下猎物，快点儿走。

结果他陪同的一个有钱人不乐意了，说他可是花钱进来的，我们不花钱就能打，那不行，就开始闹。

瞎子没惯着他，闹就闹吧，索性把他自己丢在半山坡上，跟我们出去打猎去了。

后来我才知道，猎场因为这个事情把他给开除了，也扣了他半年的工资，所以我们都很不好意思，商量着凑钱补给他。他却挥挥手，说扯淡吧，老子早就不想干了，谁耐烦受那个鸟气！然后回东北老家养蘑菇去了。

不过就他这脾气，养蘑菇也养不好，后来也黄掉了。我就建议他搞点儿山货，毕竟东北大山深处嘛，各种山货多，像野生木耳、椴树蜜、松子、榛蘑、蓝莓，都是很好的东西。

我让他定期给我送货，我给他月结，也拼命在朋友圈推荐（搞得好多朋友都以为我包养了一个东北的小情人）。

瞎子自己不说，其实也知道，去年他背了一麻袋山货（估计能有一百多斤）来我们家，跟我喝了一夜酒。

喝多后，他磕磕巴巴对我表达了感谢，说他现在也熬出来了，前几年真是混得凄惨啊，差点儿就揭不开锅了，全家人就靠我那点儿钱救济。

看着他日子好过了，我也很开心，其实前几年我创业失败了，也没多少钱，几乎是借钱买他的山货了，但是我也没说。

朋友嘛，有什么好说的？我就劝他喝酒喝酒，生活嘛，熬着熬着就过来了，都挺好的。

我们聊起这几年的生活，也问起他在长白山深处有没有遇到过什么怪事、怪物之类的。

他想了想，说人参娃娃这种，倒是不稀罕，毕竟长白山这种说法太多了，不过他听他爷爷说过一个活神仙的故事！

神仙？！这个我自然感兴趣，赶紧让他讲了一下。

他说，这个事情嘛，还要从他年轻时说起。他还没去猎场前，是开火车的。那年头啊，铁老大，铁路是金饭碗，想进去可以说比登天还难。

当时有个老司机，家里有个老闺女嫁不出去，就想招瞎子去做个倒插门女婿，所以使了不少力气，给瞎子调进去开火车。

瞎子开始还挺高兴，结果进去后才知道，这他娘的根本就是一个苦力活儿！

原来，当年东北那边还是蒸汽火车，蒸汽火车呀，是煤、水和油的混合动力原料，很脏，平时要穿两件工作服，因为外面一层厚厚的机油，洗都洗不掉，叫作大油包。

要开这种蒸汽火车，需要三个人，司机、副司机，还有一个叫“司炉”。所谓司炉，顾名思义，就是照看炉子的，就是我们亲爱的瞎子先生的职位了。

当年还是蒸汽火车，火车动力全靠蒸汽，这蒸汽哪里来的？靠烧煤。

火车顶上有一个巨大的锅炉，把锅炉的水烧开了，靠水蒸气的动力带动车厢。所以司炉这个活儿嘛，没啥技术含量，就是要一把子好力气。你想啊，那火车一开动，你就甩开膀子往里面填煤吧，这一列火车就全靠你了！

瞎子边填煤，边往外看烟筒，那烟筒要是冒白烟就没事，这是水蒸气。要是冒黑烟，那就说明煤出问题了，就要赶紧检查检查，那更烦心。

瞎子说，他当时跟过不少火车，有“友好型”（这车是苏联进口的，后来关系不好了，又改叫“反修号”），有“解放型”（这是美国进口的），还有国产的“胜利型”“前进型”（这也是瞎子最讨厌的车型，它的车头就接近三十米长，你想想锅炉得有多大）。

说到这儿，瞎子也笑了，说他娘的，当年累死累活的，那火车也就开得像牛车，谁能想到现在高铁都快赶上飞机了！

后来熬了几年，瞎子也上位做了副司机，开始能拿着大茶杯，人五人六地指挥人干活了，结果蒸汽火车被淘汰了，开始换上内燃机车了。

不过瞎子还是继续开蒸汽火车，主要是去林区或者矿区拉煤，而且因为车小，也没啥副司机了，就配一个傻小子跟着填煤。

瞎子说，其实去林区拉煤也不错，风景好，没那么多破事儿，火车上坡时慢得像老牛，吭哧吭哧的，你看见路边的老树根下有一丛蘑菇，跳下去采了，紧跑两步，还能上来。

不过呢，那里荒无人烟，都是大山大水，在老林子里穿梭，火车上也没几个人，就是那啥，瞎子用了一个形容词“孤独，像西门吹雪一样孤独”。

他说，火车上偶尔也会有人，但都不是什么正经人。

因为林区里没有路，想要进山出山，只有这一辆火车，所以好多人都盯着这辆车。这些人，都是扒车上来的，有采参客、挖药材的、淘金的，还有流浪汉、逃跑的矿工、耍猴的手艺人（猴子不准上火车，只能扒火车走），有偷渡过来的朝鲜人，更多的是流亡的犯人，还有藏在大山里的杀人犯。

瞎子当时横得很，他要是看着顺眼的，就给人家叫到驾驶室来，大家聊聊天也挺好，看着不顺眼的，就把驾驶室大门一关，随你他娘的折腾去吧。

反正他是司机，外面再怎么乱，也不敢动他，要不然啊，谁都别走了。瞎子说，当时还有艳遇，因为火车会经过长白山，那边是中朝界山，经常有朝鲜人往咱们这里跑，还有人蹲在这里捡媳妇，毫不夸张，真是一袋大米就能换个媳妇。

当时有几个朝鲜女人扒上了瞎子的车，为首的一个懂几句汉话，哆哆嗦嗦地说，只要瞎子给口吃的，她们几个，瞎子愿意咋地，就咋地。

瞎子看了看她们，大冬天的，就穿一件破烂衣服，脚指头都冻烂了，脸上全是血口子，就问她们：“做啥都行？”她们警惕地点点头：“做啥都行！”瞎子说：“好，那你们给我烧锅炉去吧！”

……

烧完锅炉，瞎子给了她们一些钱，让她们去延边那边了。

瞎子回忆，他遇到最传奇的人，却是一个老道士。真的是一个老道士，那老道士不能说道骨仙风，但是须发皆白，双目炯炯有神，穿着一身道袍，看着也像一个得道高人。

这个老道士背着一个竹筐，竹筐上遮着一块红布，不知道里面是什么东西，但是看样子，像是一个活物。更神奇的是，这个老道士不是要出山，是要进山。

瞎子有些奇怪，他要去的地方，可是大山深处，说白了，除了矿工、杀人犯、采参客，哪有什么鬼会去那里？

老道长却说，他知道大山深处多大虫狐怪，不过他是赴一个百年之约，即便前面是刀山火海、鬼窟仙坟，他也要去。

瞎子看这老道长不是凡人，就请他进了驾驶室，一面开车，一面说话。老道长谢过了瞎子，然后将身上的竹篓小心翼翼地放在座位上，自己则坐在地上。

瞎子赶紧给他拿了一个小马扎坐着，想着这竹篓子放的什么，还这么娇贵？

其实开火车很容易，都是现成的路线，尤其像瞎子开的这种蒸汽火车，一天到头连个人影都没有，所以他开车时也习惯了喝点儿小酒、吃点儿小菜，反正这荒山野岭的，也没人查。

这个道长也能喝几杯，还告诉瞎子，吃素念经都是静心，只要心静，怎么都行。

他喝了几杯酒，又小心翼翼地拿自己的杯子倒了一杯酒，侧过身子，背着瞎子，将竹篓打开了，然后就听见里面什么动物吱呀叫了一声，然后就传来几声龇牙咧嘴的声音。

瞎子扭头看过去，就看见老道长有意用身子挡住了他，不让他看那竹篓子里的东西。

瞎子随口就说："老道长，你这样做就不对了，你刚才还说，只要心静，就没有什么放不下的了。你看，你这个破竹篓里的东西，就是放不下嘛！"

老道长哑然失笑，说有道理，贫道着相了！

他侧过身子，给瞎子看了看，那竹篓子里却是一只火红色小猴，个头没多大，也就松鼠大小，却长着一张白皙的面孔。它的小脸上像是抹了腮红，一脸红晕，在竹篓子里举着杯子，还不停转圈。

瞎子也觉得它可爱，问："这是啥猴子，个头咋那么小？"

听到瞎子说它是猴子，小猴儿不开心了，用眼睛瞪了瞎子一眼，扭过身子不理他了。

老道长恭恭敬敬地盖上红布，说："这不是猴子，是白面神猿。"瞎子不明白了："啥玩意儿，白面神猿？"

老道长说："白面神猿是神兽，《武神演义》里讲过，是伯邑考进贡给纣王的三宝之一。这是一只得道千年的白猿，会唱三千小曲，身体玲珑，能在人手上跳舞，而且还有火眼金睛，可以看穿人间妖魅。"

瞎子直咧嘴："这小玩意儿这么厉害的，那能不能干过黑瞎子？！"老道长看了一眼竹篓子，低声说："白面神君的火眼金睛主要是看破邪妄，战斗不是它的特长。"

瞎子咧嘴乐了，看来这玩意儿像是个罗盘，中看不中用啊！

他有些好奇，问："老道长，那你带着这猴子去山里，是捉妖怪吗？"老道长哑然失笑，连连摆手，说："那不是，这等神物我们哪有本事降服，这是借了别人的，现在要还给别人。"

瞎子大吃一惊："难道是借和尚的？"老道长虽然豁达，也有些不开心，说："我道教虽然式微，也无须借别家的东西。况且这等神物，他们恐怕也控制不住。"

瞎子更加吃惊了，说那是什么这么厉害，连你们都干不过？老道士就笑而不谈了。

等火车开到了长白山脚下的一个小站，老道士背着竹篓子就要上山了。这时候已经是隆冬，外面全是几尺厚的大雪，远处的大山仿佛冰山一般庄重、严肃，一棵棵巨大的树木挂满了冰霜，仿佛白玉一般。

瞎子也有些恍惚，难道那人不是在车站等他，是在山上？可是大雪封山，况且这里连上山的路都没有，山上怎么可能有人呢？

瞎子忍不住喊他："老道长，大雪封山了，那个人不会来了，要不然你在这里等他吧？"

老道长微微一笑，挥了挥手，说车钱已经在几十年前就给过了，然后就迈开双腿往前走。

瞎子听不明白，只觉得他一个人孤零零地上山，有些凄凉，就让他先别走，转身把自己藏着的一坛好酒送给了老道士，让他御寒。

老道士也没推辞，从衣服里摸出来了一枚玉佩，硬塞给了他，转身走了。

后来瞎子喝醉了酒，出了车祸，火车冲出了轨道，半截身子栽倒在河里。他竟然屁事没有，只是那块玉佩满是裂纹，像密布的蜘蛛网。

他也因为这件事情被开除了，才去了北京猎场做导猎员。

不过关于老道士说的，几十年前就付过车费了，他就不知道是什么意思了。

直到好多年后，他和他爷爷说了这件事情，才知道怎么回事。

原来瞎子祖上是“鹰把式”，专门给皇家捕捉鹰的，尤其善于捉海东青。瞎子说，海东青之所以珍贵，是因为它能捕捉天鹅。天鹅喜欢吃珠蚌，它吃珠蚌时，往往会吞进去珍珠，所以杀掉天鹅后，就能在它嗉囊中剥出珍珠。

这个珍珠啊，异常珍贵，被称为东珠，颗粒较大，而且色彩夺目，是清朝时的皇家贡珠。

在清朝时，东珠是直接和官职挂钩的。后宫的“嫔”，可用“镶四等东珠十二颗金珥一副”，“贵人”“常在”等都没资格用。东珠中级别最好的叫朝珠，只有皇帝、皇太后、皇后这三个人才能佩戴，连皇子、亲王都不得用。

后来嘉庆帝查处和珅时，有一项罪状，就是和珅私藏的东珠比皇帝的还大，这叫“僭越皇权”，是诛九族的大罪。

为什么清朝皇家对东珠这么宝贝？据说是风水原因，清朝开国那几个统治者，暴毙的暴毙，出家的出家，很怪异，据说是龙脉外泄了，龙气沾水化珠，这个龙珠，就是东珠。

所以当时采集东珠时，有一条特别变态的规定，就是采集上来的珠子如果不够好，会直接扔到水里，绝对不允许私藏夹带走。

所以瞎子他们家，靠着一手猎鹰擒珠的本事，过得很不错。

等到了他爷爷这块儿，就是民国了，那时候兵荒马乱的，哪还有人要珠子？所以他爷爷就改鹰猎了，带着小鹰打猎，好歹捉点儿小兽，卖点儿皮子，勉强养活一家老小。

后来时局越来越乱，他白天也不敢出去打猎，只好晚上偷偷带着小鹰出去。

就是这个时候，他遇到了一个老神仙。

古人说，采珠蚌要在十月（农历），但是在八月间，要有一个“探珠”的过程，指的是中秋节那几天，圆月当空，照得水面清清楚楚，这时大蚌会张开蚌壳，露出里面的珍珠，远远看去，一片光华。这叫老蚌晒珠，也有说这是老蚌成精了，在吞吐月亮精华，真假那就不知道了。

反正大家秘密记下大蚌的位置，两个月后，就在这里捞蚌取珠。

瞎子他爷爷就是在有一年中秋节时，遇到了那个老神仙。

那个晚上，家里饿了两天了，他爷爷摸黑出来，还不敢走大路，就翻山越岭，捡着人少的地方去，就这样到了一段江边，远远看去，就看到了惊人的一幕。

那个晚上，他看见江水里一片灿烂，就像是有人在水底下烧了一堆冲天大火，又像水底下钻出来了一个小太阳，真正的光芒四射，连岸边的树影都照得清清楚楚。

他开始以为是月亮，但是想想不对啊，自己一路走来，也都是月亮地，要说今天月色确实不错，但是哪有这种的，这简直就像有人在水底下放了一把火，半段河水都烧起来了。

他爷爷长了个心眼，没敢挨近看，就远远地爬到了一棵老树上，朝着水里一望，那水底下耀眼无比，像是有一团白色的火，照得水下清清楚楚，那尺把长的大鱼、水草、龟、虾，都清清楚楚的。

但是那团火又是怎么回事呢？他使劲揉揉眼，眯着眼使劲看了看，终于看清楚了。原来啊，那不是一团火，而是一个卧牛那么大的巨蚌，那蚌壳微开，里面射出一道闪耀的金光，仿佛一个小太阳，照得半段河水都清清楚楚的，竟然是一个夜明珠！

瞎子他爷爷大吃一惊，想着从前听人说过，这长白山上有宝贝，人参娃娃什么的，没想到山下的江水里，也有这等宝贝！

正看着，就看见上游漂过来一些大大小小的灯火，顺着江水，一路漂了过来。瞎子爷爷仔细看看，发现这些灯火，竟是一个个蚌壳，里面放了一点脂膏，插了根棉线，做了一个蚌壳灯。

远远看去，这些蚌壳灯很多，从上游源源不断漂过来，形成了一条弯弯曲曲的金线，煞是好看。

待这些蚌壳灯漂到了巨蚌这里，就不走了，而是围着它转圈。越来越多的蚌壳灯漂过来，围着这个巨蚌，形成了一个巨大的圆形光带群，中间一盏明灯，周围镶嵌着千百个小碎灯，光彩夺目，摄人心魄。

瞎子爷爷哪里看到过这种奇景，当时蹲在树上，大气都不敢喘。这时，就听见天上猛然传来一声尖利的鹤鸣声。

一只巨大的洁白仙鹤，就从天上飞了过去，一头扎进水里，直冲着那巨蚌而去，接着半段江水都炸开了，像是在水下剧烈争斗。没多久，那仙鹤从水里一翅冲天，嘴里叼着那枚夜明珠，光芒四射，将周围都照得几乎白昼一般。

瞎子爷爷说，那白鹤几乎有一人大，他当时带着一只小鹰，那鹰是空中霸王，历来是谁都不服气的，但是当时见了那只白鹤，吓得死死低着头，头都不敢抬。

仙鹤得意扬扬地叼着夜明珠，在天上飞了几圈，就落了下来。

瞎子爷爷才发现，不知道什么时候，江边多了一个须发皆白的老道士，他背负着双手，看着江心。

仙鹤长鸣一声，骄傲地伸着头，将夜明珠递给了老人。老道士轻轻拍拍它的脑袋，将夜明珠收进了袖子里。

老道士朗声对江水（应该是江水里的巨蚌）说：“你不在扬州好好修行，怎么跑来了这里？这神珠究竟是个不祥之物，我还是送回师门去吧。你这蠢物，既有化龙之兆，还是早点儿入海吧。”

说完后，他又转身对着树林（瞎子爷爷那边）说：“俗话说，见者有份。这几枚小珠子，且赠与你了，也算是提前给一点儿路费吧。”

那老道士很快带着仙鹤走了。

瞎子爷爷等周围全都暗下来了，偷偷打着火把过去看了看。那老人给他留了几颗上好的东珠，应该就是说的送给他的东西，只是他说的路费，就不知道是什么意思了。

后来，瞎子母亲得了重病，就变卖了几颗东珠，还剩下了几颗，留着当传家宝了。

我们晚上喝得烂醉，等我醒来后，发现瞎子大清早就走了。

他走了以后，我在他那个巨大的蘑菇篓子里，发现了一个小的檀木盒子，里面装着两颗微微发黄的大东珠。

武状元

这里讲一个武状元的故事。

这个故事，是一个正骨的老师傅讲的。

这个事情说起来，也比较传奇。

我有一个知识星球付费社区“一只鱼的传说”，每天去那里和读者聊聊，讨论一些民俗、玄学问题，也挺有趣的。

当时，我们的知识星球有个读者问我，能否给他女儿取个名字？我当时就回绝了。我告诉他，取名这个事情，古人是很讲究的。

古人是怎么取名呢？男孩名一般取自《楚辞》，女孩多取自《诗经》。尤其是古代的书香门第，特别讲究这个。

大家看金庸的小说，好多人物名字很讲究，因为金庸原名查良镛，他出自海宁查家，原本就是世家大族，这也是家学渊源。

所以取名字这个事情，不是随便一个人就可以的，古人认为，赐名者有三：赐生者、赐养者、赐成者。

赐生者，生你的人，就是亲生父母、爷爷奶奶这种至亲。

赐养者，养育你的人，比如收养这个人的家庭，从玄学上看，视同亲生父母，也可以取名。

赐成者，也就是帮着你“大成”的人，一般指你的授业恩师。

中国古代讲究师恩，所谓恩师如父，形同再造，讲的都是这个。

中国人尊师，当然是好的，其实也有很多隐藏的利害关系。因为中国古代啊，阶级分明，结婚也要门当户对，作为平民子弟，你想进阶，几乎是不可能的。

后来隋朝开始了科举，给了农家子弟一个希望。

但是你去查查当时的录取名单，大部分还是门阀子弟。因为啊，当时读书很难，要拜师，尤其是名师，这样才可能中举。所以作为全村人的希望，这个名师，真的是形同再生父母一般。

所以中国古代讲的“师恩”，隐含的是平民阶层对于进步的渴望。

所以这里说的，给人取名的第三种“赐成者”，指的就是“授业恩师”。

古代的“恩师”，那真的是“师”，为师者，讲的不仅仅是学问，他们讲的包罗万象，如何读书，如何做人，如何判断是非曲直，如何处理复杂的人际关系，如何做臣子，如何断案，如何修身齐家治国平天下，这才是真正的学问，也是真正的“赐成者”。

所以我告诉他，我不符合取名这三个原则，所以不能取。

这个读者说，他老婆难产，女儿早产，此刻在重症监护室，要是她女儿没了，老婆估计也活不了了。两条性命，他就想求个平安的名字，多少钱他都愿意出。

可怜天下父母心，我就破例给她取了一个名字，当然是免费的。

结果第二天，我在游泳池里就用一个特别怪异的姿势摔了下去，小拇指先着地，然后肿成了胡萝卜。

我还开玩笑发朋友圈，说我一直说不给别人取名，就失言了一次，立刻就被惩罚了。

我傻乎乎的助理小河吓了一跳，让我赶紧去骨科医院看看。我大义凛然地告诉他："这点儿小伤算什么，这次给你看看，什么是坚强。"

结果手指头一个月都没好，而且越来越严重了。后来去了门口的骨科医院拍了个片子，发现骨裂了……

医生很吃惊，说你都骨裂了，手指头都变形了，咋能撑一个月呢?

我回道："因为我坚强……"医生说："其实我认识一个安定医院的大夫……"

这是一个很小的骨科诊所，大夫说话风趣幽默，医术也不错（给我揉捏推拉了几下不太疼了），就跟他聊了聊。

我要讲的武状元的故事，就是他讲的。

他说，你别看我们这个诊所小啊，也是祖传的，最早是源自前清时期，源自我祖爷爷。

我点点头，全中国套路都一样。

我就问他：“你祖爷爷是不是御医啊？”他摇摇头：“那不是。”

我对他刮目相看，看来这个人还要点儿脸。

然后他说：“我祖爷爷是个武状元。”

我：“是因为经常被打断胳膊腿的，久病成医了吗？”

他：“……”

我：“……武状元会正骨，谁也挡不住啊！”

他：“……那个，我们还是说说武术吧。”

我说：“好啊，我听说传统武术都是骗人的，是不是？”

他：“……你的这个说法，倒也不十分错。”

我：“……那真是骗人的？”

他说：“这个武状元啊，和你说的武术根本不是一回事。”

然后他就给我上了一课。

他是河北沧州人，沧州自古尚武，清朝出了一百零九个武状元，他们沧州占了八个。此外还出过四个榜眼、五个探花，这也是国内最多的。

武状元，是给国家培养将军的，国之大事，绝对不是什么花架子的武术比赛，那玩意儿都是表演，跟唱戏差不多。

所以武状元考的，也都是特别专业的东西。

第一就是射箭，分为骑射、步射，俗话说“马上将军”，你连骑射都搞不定，还当个毛将军。

这个其实还好了，难的是第二、第三关。

第二关，是拉硬弓以及舞大刀，硬弓分为八力、十力、十二力，这个咱们不大懂。大刀咱们知道，这也分为三档，分别是八十斤、一百斤、一百二十斤。

清朝的一斤，比咱们现在还重，大概相当于六百克，所以这个一百二十斤啊，相当于现在的一百四十四斤。这个大刀抡起来，向鬼子的头上砍去，那可真的是切瓜切菜一般。

《三国演义》里，关云长舞着八十二斤的青龙偃月刀，威震天下。关云长是汉代的，当时的八十二斤，相当于现在的三十六斤半，所以时代不同了，关云长要是带着那把刀参加清朝的武举，都入不了围。

还有第三关，更变态了，掇石。

这东西特别简单粗暴，就是抬石头，也是三挡，二百斤、二百五十斤、三百斤。

通过这三项，然后还要考策略、武经，这才算完成。

最后，武状元直接授予正三品的参将，武榜眼授从三品的游击，武探花授正四品的都司，简直就是一步登天。

听到这里，我有些不理解。

因为第二关这个，要舞大刀，还要舞一百多斤的大刀，这个感觉难度太大了，毕竟你举起来一个东西，和你舞起来，那是完全两个概念。

而第三关，看起来最难的，竟然只是抬起来三百斤的石锁，感觉不匹配啊！

于是他告诉我，舞刀这个，不是蛮力，是真正的功夫。

他举了一个例子，说清朝最后一个武举人，他使两柄大刀，一柄重一百二十斤，一柄重一百八十斤，舞得虎虎生威，仿佛雪花环绕，周边人根本无法近身。

想想也是啊，一百多斤的大刀，这他娘就是一头老牛挨过去，也给砸死了，这要是上了战场，那绝对是一员虎将。

可还是那个问题，这他娘的不是人类能舞动的啊！

他就告诉我，根据他祖爷爷记载，这个舞大刀啊，跟咱们理解的不一样。他们并不是大喝一声，然后运气到胸口，最后硬生生举起来大刀，嗷嗷一阵打，这种你就算能坚持个几秒钟，也不持久啊！

那么是靠什么呢？他说这个他也搞不明白，更像是一种气功，也像一种杂耍。

我觉得他说的太离奇了，根本不可信，就随便讽刺了他几句，要走了。

他有些不甘心，最后猛拍桌子，跟我说：“他娘的，这个是真的，因为我见过！”

我大吃一惊，然后他带我去后院，看了一个东西。那是一柄大刀。那把刀，比我还要高一倍，刀身有小胳膊那么粗，刀头比人腿还粗，简直就像一棵铁树。

我使劲摇了摇，发现只能给它撼动一下，别说抡起来翻飞如花，我他娘的都不可能提起来！

这鬼东西能上阵杀敌，打死我都不信！

他却说，他小时候亲眼见过，他爷爷就能舞动这把刀。其实舞刀，是有一系列技巧的。

首先，提刀，就不是大家想象的那种，伸手一提就起来了，并不是这样。这个提刀，其实是腿脚发力，有点儿类似蹬腿、踢腿，人腿的力量要比手臂大得多，所以借助这一蹬一提的劲儿，就把大刀给提起来了。

然后就开始舞了。这个舞，也不是随心所欲，想怎么舞，就怎么舞，这也是不可能的。所谓的舞刀，其实相当于你用脚把刀给蹬起来，然后趁着刀子往下沉的时候，用手轻轻一拨，用这种巧劲儿，使它改变方向，等这股子气儿泄了，那么就再拨它一下，其实有点儿杂耍的意思了。

不过他爷爷也说了，他也就按照祖传的功法，练了点儿皮毛，耍几下还行，真正上阵杀敌，那是不可能的。他祖上可以骑在马上，使这把一百多斤的大刀，翻飞如花，上阵杀敌，还是很牛的。

我才明白，原来古人说的上阵将军，还真的存在。

我自然对他说的功法很感兴趣，就问他这玩意儿怎么练啊？

他说，这个很复杂，首先就是打熬筋骨，要熬许多味中草药，然后人每天泡在里面。据说很疼的，仿佛万虫噬咬，一般人都熬不住。

此外还要练气功，要运气，他们一推一拔大刀，看着行云流水，其实都是靠气韵，要让身体里的气传达到手上，然后灌注到刀上，有点儿太极拳的意思。

最后，还是要看命。说白了，你有没有那个命啊，这是天生的，天生你是病秧子，每天吃人参也没用，都是白扯！

我看看他，表示理解。

他又大怒，说："我们家后来不学武术，是因为其他原因。"他说，他们家因为有那个修炼的秘籍嘛，以及武状元的名头，所以后人多习武，可以开武馆赚钱嘛，穷文富武，学武的还是有点儿家底的。

结果有一年，来了一个干瘪老头儿以及一个小女孩，两个人路过，讨口水喝。

干瘪老头儿来这边，眯着眼看着大家打拳，频频点头，像是很赞赏。他也有些得意，想着这老头子倒是个懂行的。结果那个小姑娘端着水碗，飞快地跑过来，顺嘴说了一句："这三脚猫的功夫，练了有什么用吗？"

当时武馆的汉子正在举石锁、舞大刀，听她这么一说，顿时大怒，几乎要撕打起来。

这时，他祖上发现了一个问题，赶紧喝住了武馆学员，然后恭恭敬敬给老人赔礼道歉，还送了他们好多盘缠。

老头儿笑眯眯地接受了盘缠，说你这个小娃娃，倒是个晓得事的，学几手功夫，防身健体，还是很好的。

当时有个学员不服气，就说，老丈一定是世外高人，不如就给我们露一手吧！然后几个学员就抬出了这把一百六十斤的大刀。老头儿赶紧推说不敢不敢，然后轻轻摸了一把大刀，就带着小姑娘走了。

两个人走后，他祖上就关了武馆，以后不再让后人习武，只是把那个打熬筋骨的方子改了改，改行做正骨了。

后来，有人问他，这到底是怎么回事?

他说，当时给那个小女孩倒水，满满一碗水，再多一滴就会溢出来，结果小姑娘端着满满一碗水，飞跑过去，一滴都没有洒。

然后这个老医生给我指了指大刀背后。我看了看，发现刀柄处有一个明显的指印，入铁三分，指纹都清清楚楚。

他说，这就是那个小老头儿轻轻抚了一下大刀，留下的。

我大吃一惊，这……还是人吗? 他也摇摇头说，这恐怕是个活神仙啊！

我告别了他，出去了。临出门前，想起一件事，回头问他：“对了，那个老头儿叫什么名字呀? ”

他说，当时他祖上问了，那老头儿说，自己是无名之辈，不敢留名，就叫他金老头儿吧。那个小姑娘，叫“小十三”。